未来特工局

赖继 著

四川人民出版社

图书在版编目（CIP）数据

未来特工局/赖继著. -- 成都：四川人民出版社，
2024.9. -- ISBN 978-7-220-13731-0

Ⅰ.I247.5

中国国家版本馆CIP数据核字第2024VF6773号

WEILAI TEGONG JU
未来特工局

赖继 著

出 品 人	黄立新
选题策划	徐晓亮
监　　制	郭　健
责任编辑	陈　纯
封面设计	叶　茂
版式设计	王　珂
特约校对	魏宏欢
责任印制	周　奇

出版发行	四川人民出版社（成都三色路238号）
网　　址	http://www.scpph.com
E-mail	scrmcbs@sina.com
新浪微博	@四川人民出版社
微信公众号	四川人民出版社
发行部业务电话	（028）86361653　86361656
防盗版举报电话	（028）86361653
照　　排	四川胜翔数码印务设计有限公司
印　　刷	四川机投印务有限责任公司
成品尺寸	145mm×210mm
印　　张	8.125
字　　数	155千
版　　次	2024年9月第1版
印　　次	2024年9月第1次印刷
书　　号	ISBN 978-7-220-13731-0
定　　价	49.80元

■版权所有·侵权必究

本书若出现印装质量问题，请与我社发行部联系调换
电话：（028）86361656

如果法律没有温度，

未来将会怎样？

目录

第一章	大选将至	001
第二章	绝色刺客	009
第三章	未来列车	015
第四章	狼狗武烈	023
第五章	贝利夫人	033
第六章	幕后推手	041
第七章	神秘电话	049
第八章	奴籍街区	060
第九章	绝对正义	067
第十章	调查文书	080
第十一章	恶法非法	092
第十二章	无限防卫	103
第十三章	星空传送	108
第十四章	首犯供词	116

第十五章	屠龙少年	**121**
第十六章	迟来道歉	**131**
第十七章	悬浮时空	**143**
第十八章	天降神兵	**148**
第十九章	报案保护	**152**
第二十章	孤勇之心	**159**
第二十一章	十二魔神	**165**
第二十二章	四大王牌	**173**
第二十三章	残酷游戏	**183**
第二十四章	绝处逢生	**191**
第二十五章	我是风暴	**199**
第二十六章	机械克星	**205**
第二十七章	无知之幕	**216**
第二十八章	末日审判	**221**
第二十九章	小丑面具	**226**
第三十章	证人出庭	**231**
第三十一章	亘古星辰	**240**

第一章

大选将至

一辆悬浮汽车正快速行驶在海岸广场边的五维轨道上。现在的汽车没有车轮,但是比过去四个轮子的汽车要快得多。

海岸广场两侧的灯光绚丽且魔幻,各式浮影广告比大楼还高,巨大浮影中,浓妆女郎正在卖力推销最新的武器和形形色色的致瘾类药物。整个城市的风格早在许多年前就已被定义,叫作赛博朋克。

这辆悬浮汽车的后排上,坐着一名西装革履的欧洲裔中年人,从他的穿着打扮以及胸口佩戴的徽章来看,这无疑是个大人物。

徽章的图案是一只由五条彩杠弯曲组成的和平鸽,徽章是权力的象征,五条彩杠则分别代表当前人类生存所立足的"海、陆、空、太空、深地"五类交通。

大人物耷拉着脑袋,明显是喝多了。今天晚上的酒局是几位财团主请客——虽然人类社会已经发展到人工智能全覆盖的阶段，可是，人际交往和饭局文化依然没有消亡。

搞定这位大人物，就能中标那五条彩杠代表的交通工程。随着地球资源变得越来越稀少，对资源的争夺也越来越激烈。

今晚的饭局上，财团主宴请使用的是一种粮食酿造的白酒。这种酒和这个国家上层惯饮的葡萄酒、威士忌、白兰地等不同，它产自东方古国。这种酒已经消亡，今天摆在饭桌上的，都是出土文物。

大人物曾经周游诸国，对这种白酒甚是钟爱，贪杯不免醉倒。

"罗斯先生，总统的演说就要开始了。"无人驾驶的汽车装载有超级智能管家，按照日程安排，它必须在这个时候提示主人，该收听总统的演说了。

车上这位喝得晕乎乎的大人物叫罗斯，是这个国家的交通院院首。交通院是国府十二院之一，隶属于联盟国国家总统。

罗斯直了直腰，揉了揉惺忪的醉眼，看向车窗外。整个城市的悬浮投影、各色屏幕都在一瞬间变为蓝屏并显示"重要节目待播"，大约两秒钟后，一个亚裔男子的头像出现了。

总统开始了自己的开场白："我是大家深爱的'国'。"

总统的名字，叫国寅。

每次罗斯听到这个音译词，他都会联想到东方汉语里的同音

第一章 大选将至

字"锅"。从这些年的政治动作来看,"锅总统"真的是名副其实的"砸锅侠"。

罗斯想骂人,真的是太烦了。总统每个礼拜都会在固定时间,使用自己的社交账号进行直播,并通过国家通信局的管控,把全国上下的五维媒体都接管,也就是说,在这个时间段里,海、陆、空、太空、深地的所有人都必须收听、收看总统的演说。

议会里有人揶揄国寅总统,说他是天生表演型人格,全靠社交媒体治理国家。

在这个时间段里,全国上下没有别的节目,没有任何社交媒体能例外。谁要是不收听,谁要是不收看,就是违反法律——"藐视国家权威",是一项重罪。

总统今天在直播中,先是痛斥了沙朗人的恐怖行径。沙朗是已经被消灭的政权,而他们的遗民还在不停制造恐怖活动!

随后,他提到当前反对党党首文森的政治主张,他用嘲讽、轻蔑的语气调侃文森,他大剌剌地笑着,巨大的嘴和巨大的牙齿,让市民感到恐惧。

国寅是从大洋的一个海岛国家移民过来的,做过无良律师,做过政客,因为主张建立人工智能法官制度、奴籍制度等而获得权贵和资本的支持,被选为了总统。

而奴籍制度,现在已经成了反对党的靶子。

国寅总统最大的对手，也就是反对党党首文森，现在已经获得了三个邦议长的支持票。

交通院院首罗斯的政治立场，很明显是站在文森这一边的。

罗斯看着国寅总统那巨大的头像笼罩着整个城市上空，内心不由得暗道：白痴，大选将近，你的好日子要到头了！

国寅总统继续鼓吹奴籍制度的科学性："只有不断完善奴籍制度，才能保证有限的地球资源能被有序地开发，才能减少混乱抢夺的发生。那么，哪些人会被定义成奴籍？我们会通过什么样的程序将人打入奴籍？"

层层叠叠的城市屏幕投影出国寅总统魔幻般的面孔，街上所有的人都抬头注目，神情惶恐。

"……这要归功于人工智能发展到了极致，已经产生了AI法官。

"人工智能的极致化发展，已经取代了过去许多落后的工具，'AI审判长'就是人类最伟大的发明！"

这个国家的司法机构是不需要人力的，也就是说，已经再也没有人类法官，所有的司法裁判都是通过一个叫作AI审判长的人工智能做出决策。

不管是民事纠纷还是刑事犯罪，都会通过AI审判长进行人工智能计算，判决孰胜孰负。如果是一个屡犯、累犯，可能会被判处稍重的刑期，这样的刑期是根据其暴力倾向数据进行量刑的。如果是一个长期不守信约，又擅长弄虚作假的原告，那么他主张对方违约，得到支持的概率就会大打折扣。

而决定一个人是否拥有公民权，是否会被定为奴籍，也是通过AI审判长的智能裁判。

一个人，从出生到成年，会经历很多事，这些事都会被记录成数据，三代以上没有犯罪数据、良好的教育经历、遵章守纪的人生记录……AI审判长通过这些社会数据，来决定一个年满18岁的人，是否能成为这个国家的公民。

劣迹斑斑、品行不佳，甚至有违法前科的人，就将被定为奴籍。奴籍人只能从事低级的工作，只能居住在社会的边缘。

反对党党首文森自然是反对AI审判长的，只要是国寅支持的一切，文森都会反对，不然怎么叫反对党？

在之前的一次电视直播公开拉票对垒当中，国寅和文森针锋相对。国寅总统声称，人类法官就是应被机器法官取代，以消除法律的不确定性问题，AI法官脱离了人类的所有缺点，它不受人类的一切情感影响，不受舆论和任何私利的影响，它不知疲惫，它保持着绝对的司法独立，能保障法律的公正和效率！

而文森则对国寅的这种说辞迎头痛击：谁能保证大数据计算的伦理选择？法律难道不需要温度？"人工智能能替代人类法官"这样的荒谬之词是基于笛卡尔的"灵体二元论"和"莱布尼茨的谬误"，这明显犯了智力可以独立于人体而存在的错误。

对了，文森在踏入政坛之前，是大学的法学教授，理论功底比国寅高深得多。而那个时候，国寅尚在从事一些刁钻的法律辩护工作，是一名声名狼藉的刑案律师。

这两人，真是天生的对头。

国寅是古罗马时代法律制度的痴迷者，他执政之后推行的所有制度——贵族与奴籍、公民法与万民法、十二院制、两院议会……都似乎在妄图将这个国家打造回罗马法时代。

罗斯的思绪回到了现实之中，继续收听国寅的演说。国寅作为这个世界上最大联盟国家的统治者，将AI审判长的地位抬得很高，他宣称AI审判长降低了这个国家多年来的很高的错案率，特别是在刑事判决方面，快审快判，精准量刑，使得国家的犯罪率大幅度下降。

从某种意义上来说，AI审判长就是国寅总统统治基础的一根重要支柱。

这个国家通过警察、军队、特工来维持秩序，这些"治安权力"被牢牢地抓在国寅信任的人手中，而一个国家政体最为重要的至高权力——司法权，国寅总统实在没有找到什么人可以给予彻底的信任。

既然人类无法信任，那就交给AI法官吧。

交给能分析大数据和进行人工智能计算的AI审判长，这样就不存在政治立场的问题，AI审判长能根据国家法律做出绝对

第一章 大选将至

公正的判决。

案情不过是素材,当AI审判长接收到案情和证据之后,能快速通过人工智能进行大数据计算,分析案件的是非曲直,做出判定。

当然,文森也狠狠抨击了这种"素材加工"的观点,他提出一种假设:如果有人人为制造证据,形成证据链,是不是就可以操纵审判结果?

公众不得不承认,自从有了AI审判长,联盟国的司法审判效率大大提高,并在很大程度上消灭了部分犯罪。

国寅的演说里预告了一件重要的事——"大审判日"。根据联盟国宪法,每年的4月1日是大审判日。

没错,就是过去的愚人节。这样的设定,符合国寅总统的一贯风格。

星际后元3312年4月1日,AI审判长会开庭审理这个国家最重要的案件,同时,也会在这天对当年年满18岁的人类进行数据分类,根据其成长过程中的一切数据进行定籍,不符合公民权数据标准的人类,将被定为奴籍人。

国寅总统清了清嗓子,公布了一则重要事项:"今年的大审判日,将会对'东博社'进行公开审判,他们涉嫌藐视国家权威、策反国家高级官员、企图颠覆国家政权、从事恐怖袭击活动,目前涉案的十名主要成员已经逮捕归案……"

城市的角落里，一名身材曼妙的女子蒙着面，仰视国寅总统的面孔，她的侧脸被光影照射，显得冰冷而坚决，她的眼神里浮起一股恨意。

"我们伟大的联盟国，是一个自由民主的国度，任何人，任何籍，都可以表达和讨论对制度的异见，但是我们绝不允许有人暗通敌国，接受敌国情报部门资金，从事危害国家的事……"

女子转过身，光影之下，能看见她的背影不停抖动，她是因为愤怒而发抖。

"等待他们的，将是AI审判长的审判……"国寅总统的悬浮投影头像做着最后的慷慨陈词。

女子迈开步子，消失在街道的阴影之中。她纤细匀称的身体仿佛被黑暗吞噬，她步履坚定，像是在昂首挑战这无边的黑暗，甚至不惜牺牲一切。

第二章

绝色刺客

国寅总统的演说接近尾声。

"好了,谢谢大家,今天的演说就到此为止。最后再次提醒,沙朗国遗民虽然大部分已被AI审判长判处徒刑,经过改造后已经归于奴籍,但是大家仍要警惕他们当中某些人可能会制造的恐怖活动……如果有什么线索需要举报,请联系未来特工局的贝利夫人。"

未来特工局,隶属于十二院里的情报院,是一个专门的特工行动机构,负责反恐的官员是贝利夫人。

随着国寅总统的演说结束,他的头像在城市的各个显示屏上消失,各色霓虹重新亮起,车辆开始快速驰动,城市又恢复了秩序,恢复了生机。

罗斯抽了一口烟,用力吐出。这个王八蛋,东博社里只是一些激进的青年,他们只是反抗奴籍,要求取消奴籍制度,怎么就成了里通外国，还犯了十大重罪？

罗斯的车继续行进，他露出一丝冷笑，这下有好戏看了，这个案子受到了全国的关注，在法学界引起了轩然大波。

罗斯打开车载电脑，翻看之前的媒体报道。东博社搜集了许多深受奴籍制度之害的人的故事，这些故事震撼人心，感人至深，一度在媒体上引发讨论。

东博社成员因要求取消奴籍制度而被捕。如果取消奴籍制度是一种正当的诉求表达或者一项法学层面的讨论，那么，是不是应该保障这种公民权？

而现实是，AI审判长是一台拥有智能算法的机器，只会依照法律的文字规定来决策裁判。根据法律文本，企图颠覆国家某项权威制度，就是藐视国家权威的犯罪。

媒体上铺天盖地的讨论，都指向了同一个问题：人工智能执行之下的法律，是否还存有温度？

不论判决结果如何，对于反对党来说，东博社的这个案子，已经足够重创国寅总统所构建的种种制度。

罗斯酒劲有些上头，他关掉了车里的新闻，因佳人有约，他现在无心政事，颇有些心猿意马，桃色激动。

对于他来说，跟着文森玩政治，无非是为了钱财和女色，支持反对党的所有主张，只是为了扳倒在台党，让自己上位而已。

文森曾告诫过罗斯，这个世界上没有正义，只有胜负！只要

第二章 绝色刺客

干掉国寅,你想要什么,都可以!

罗斯说,我要美女,很多美女。

罗斯的车驶进了交通院,他下车,秘书凯琳上前扶住了他。凯琳很漂亮,五官立体,一头酒红色头发,像过去的好莱坞明星。

好莱坞已经成为很遥远的历史了。

凯琳身材火辣,罗斯趁机把油腻的身体贴在她身上,还在她身上摸了一把。这种生理刺激使得罗斯像触电般亢奋,他感觉自己一刻都不能等了。

平日里,罗斯在议会里表现得正儿八经,常常为了公众交通利益与其他议员争得不可开交。作为十二院里最具权力的院首之一,罗斯平日里是严肃的,是正派的,也是傲慢的——但凡手里掌握了审批的权力,人就会变得不可一世、道貌岸然。

不可一世、道貌岸然的政客往往有让人意想不到的另一副面孔。

"人工智能可以替代很多事,可有些事是不能替代的。"罗斯意有所指,满脸堆着邪恶的笑。凯琳被他抱得更紧了。

罗斯摇摇晃晃地和凯琳走向交通院大厦LG层的电梯间,这部电梯只有罗斯的虹膜可以开启。头顶洒下的安检光束快速扫描二人的身躯。

罗斯借着酒意,和凯琳搂搂抱抱地撞进了电梯轿厢,电梯间旁边的警卫一脸漠然,显然已经习以为常。在交通院,罗斯是王者,而在有求于他的诸多生意人面前,他简直是圣灵。

电梯上行,只听得见罗斯粗重的呼吸声。凯琳知道即将要发生什么,在这栋大楼里,罗斯可以选择在任何地方做任何事。

如果说这栋大楼里有一个禁忌的地方,那就是89层的图纸室,那是个绝密区域。

图纸室里封装有整个联盟国的五维交通图纸,这些图纸涉及整个国家的管网、交通、轨道,甚至太空的空间站、深地的人居场所以及通道。

这是联盟国的秘密库,里面的东西一旦流入社会,或者落入敌国恐怖分子手中,后果都将不堪设想。

过去,在这栋大楼里,罗斯和不同的女人厮混,他把各个房间都玩过了,对89层图纸室总还有一些忌惮。

罗斯在电梯里打量凯琳,她今天穿了一条低V领的蕾丝黑裙,胸部高耸,腰肢纤细,身上的迷迭香香水味勾人魂魄。他的眼睛往下欣赏,凯琳穿了一双黑色高跟舞鞋,使得她笔直的双腿更显修长,罗斯不由得咽了咽口水。

凯琳脸红了,笑着指了指89层的楼层按钮:"你敢不敢?"

罗斯犹豫了片刻,随即大脑被荷尔蒙冲昏。

"越是禁忌的地方,越是刺激!"罗斯按下了89层的楼层按钮。

电梯抵达89层,在空中停了下来。

第二章 绝色刺客

罗斯从凯琳的裙子里抽出了自己的手,将指纹按在电梯门禁控制器上。

绝密区域的门禁控制器,明显比刚才的各种安检设施严格得多。

89层的门开了,红外探测的安全扫描光线从门外快速扫射进电梯轿厢内。

罗斯迷醉地看着凯琳,牵起她的手:"来吧宝贝儿,这些都是唬人的。"

凯琳嘟囔着:"这红线让人睁不开眼。"

罗斯跨进了89层的房间,他正要伸手去关闭红外安全扫描光线。

"这红外线可以扫描人体,当人萌生敌意,或者内心产生阴谋时,他的呼吸、心跳和皮电都会发生变化,红外线会结合大数据,判断是否有潜在的危险。"罗斯略带炫耀地给凯琳讲解。

"嘟嘟嘟——"蓦地,警报大作。

罗斯疑惑起来,他看见红外探头扫射出的光线迅速聚焦到了凯琳身上。人工智能语音惊叫着,提醒道:"具有攻击性!具有攻击性!"

凯琳的胸口微微起伏着。

"凯琳,你是不是太激动了?"罗斯一脸醉意地淫笑,凯琳能有什么攻击性?看来今天晚上她要主动了。

他走过去，想要拉起凯琳的手。

突然，他感觉到脖子上一凉。

罗斯瞪大了眼睛，他捂着脖子，那里血流如注。

不可能，哪里来的凶器？这栋大楼的安检和总统办公室一样严格！

罗斯无论如何都不能相信，直到他看到凯琳优雅地把一只高跟舞鞋穿回了羊脂般光滑的脚上。

那高跟鞋的鞋跟上，还闪闪发着寒光。

"你……你……"罗斯吃力地挣扎起来。

凯琳凑了过去，香水味依然很迷人。"你是不是后悔没认真听国寅总统的演说？"

罗斯瞪大了眼睛，他痛得跪了下去。

凯琳笑了："国寅总统今天晚上是不是提醒过大家，要当心沙朗人的恐怖行为？"

沙朗政权已经被消灭，国寅总统发动了机器人和人工智能战争，彻底吞并了沙朗的资源和领土。

罗斯用力地瞪着凯琳，只见她轻轻扯开半边性感蕾丝边，丰满的右胸上印着一个火焰文身，那是沙朗的国家标记。

罗斯喉咙里嘶声着，吃力地吐出几个字："你……要干什么？"

"大审判日就要到了，"凯琳目光空洞地看着罗斯，"告诉我，未来号列车的图纸在哪儿？"

第三章

未来列车

就在交通院院首罗斯殒命后不久,由罗斯亲自参与设计的、装载全自动人工智能车头的未来号列车正快速穿过亚达山的隧道。

这条隧道很长,每一列未来号穿过它的时候,都像是经历了一场漫长的黑夜。

科技进步很快,音速、光速的交通工具已经普及,现在的未来号就像过去的观光老火车,带有半旅游的性质,它载着不怎么赶时间的乘客,慢慢穿越三四个古老国界,去回味过去。

亚达山是一座雪山,山体陡峭,岩石坚固,终年积雪,发生雪崩灾害是常有的事。在智能工业革命之前,对这座雪山的凿洞施工不是件容易的事。

从列车的窗户望出去,天上地下,苍茫一片,阳光透过云层,散射着五彩光晕,蓝得沁人的天空映着山上厚厚的积雪,更加绚丽夺目，直教人感觉进入了奇幻的雪国世界。

这座位于亚洲西部高原的雪山，海拔逾五千米。在一些宗教话语里，亚达山是一座神山，它见证了人类和地球历史上的转变。

任谁也无法想到，这处寸草不生、永冻不化之地，在过去，是一处风景秀丽、植被繁茂、生机盎然的山峰。

从全球普遍变冷开始，国家与国家之间为了抢夺能源，爆发了许多战争，国家逐渐减少，政体形式也发生了很大的变化。现在留在世界上的政体，仅剩下联盟国和独立国，两个超级国家分别接管了世界上大多数国家的遗产。

未来号列车上持续在播报新闻，大审判日越来越近了，一群蔑视联盟国国家制度和国寅总统权威的激进青年，即将接受审判。

车厢里发出了阵阵嘘声。

一个牛仔模样的乘客用力捶着桌子，表达对大审判日的不满，他旁边年轻貌美的女伴慌忙按住了他，并警惕地环顾四周——"蔑视国家权威"可是个什么都能往里面装的罪名。

列车上的新闻继续播报："在极地的科学勘探小组有了惊人的发现，一些外星领域的生命体已经潜入了地球……"

有乘客低声讨论着，一个政客模样的乘客自言自语地说，这些外星人会不会形成第三股势力，假以时日，是不是还会组建新的政体形式?

如果外星人来统治这个国家,会不会比国寅和文森更好?

车上的其他乘客被他的异想天开逗乐了。

这些世界大事,和列车长没有什么关系。

亚裔的列车长金乙三郎在驾驶舱里长长地伸了个懒腰,他已经须发皆白,但眼神里依然保留着高等族群的骄傲。这是他退休之前最后一趟列车出行任务。

列车长金乙三郎回想自己的列车生涯,颇有些感慨,现在人工智能已经取代了人类操作的所有工作,他只需要在这趟漫长的旅行中,保持清醒的头脑,时刻关注着列车可能发生的状况。

列车车头的红外线超感巡航装置,能快速反馈前方轨道上的任何情况,并做出场景模拟,为列车长提供决策支撑。这些高科技智能设备彻底解放了人类,也就是说,巡航的工作,似乎并不需要金乙三郎时刻保持警惕。

于是,他打了个响指,驾驶操纵台下伸出一个小小储物格。泛着蓝光的储物格缓缓展开,升起的支架里装着一支黄灿灿的酒。

金乙三郎打开瓶塞,用力灌了两口酒,这是他珍藏的单一麦芽威士忌。他大大咧咧地坐卧在椅子上,他就是这趟列车的司令官。

他自言自语道:"人工智能不能替代人类之处,恐怕就是无法替代人类品尝美酒。"

"嘟——"人工智能发出语音提示："列车长金乙先生，在列车行驶过程中，服食酒精类物质，将影响大脑的清醒程度。"

金乙三郎那"任何人都不能对我发号施令"的神情被人工智能的警告生生掐断，他笑了起来，这就是人工智能和人类智力的区别，人工智能永远只能按照设置的程序进行计算。就像现在，一旦有人打开储物柜，取出里头的威士忌，人工智能就会判断金乙三郎在饮酒，进而发出酒精影响大脑清醒的警告，而根据他的酒量，这两口酒根本不在话下。

人工智能开始大声朗读交通院院首罗斯颁布的交通禁令，其中包括交通人员不得近酒色。

但是，宣称禁止近酒色的罗斯，已经死于酒色。而他的死，似乎没有人知道。没有新闻报道，也没有任何消息走漏，这很不寻常。

金乙三郎也不想和一个人工智能争辩，他用力又灌下一口酒，然后调小了人工智能的音量。

这漫长的旅程，真是寂寞。

金乙三郎已经记不清自己穿越过多少次亚达山了，每次他都会在经过这个隧道时喝上两口，用以缓解寂寞。

蓦地，列车的智能语音发出慌乱而刺耳的警报声。

"嘟——嘟——嘟——"

第三章 未来列车

控制台上的红色警报灯迅速旋转,驾驶舱里的氛围肃然紧张起来。

金乙三郎从椅子上跳了起来:"这是红色级别的警报!"

不用翻列车长守则,金乙三郎光用耳朵听,就能明白这个警报的意思,它说的是:在前方轨道上,出现了可能导致列车翻覆的危险物!

金乙三郎手忙脚乱地打开监控器,看见了车头红外巡航反馈的画面:前方遥远的轨道上,插着一个奇怪的楔形物体。

人工智能语音提示再次尖锐地响起:"警告!列车前方轨道上,出现不明物体,可能引发列车翻覆,警告!"

"这是什么?"金乙三郎大喊。

金乙三郎看着监控画面里的物体形态。一个倒卡像一个发卡一样,倒插过来,横档在轨道之间。

列车显示器上快速闪动着变化的数据——前方倒卡的受力程度估测、车速、车重,三项数据开始科学运算。同时,模拟画面里,一列动画形态的列车快速行进,就要撞上前方倒卡。

"哦,不!"金乙三郎大叫起来,一颗心提到了嗓子眼,显示器上模拟的画面惊得他瞪大了眼睛。

预测场景里,金乙三郎惊骇地看到了这样的画面:列车撞上倒卡,发生脱轨,飞出了亚达山的天堑,然后重重坠毁在铺满积雪的山坳里!

红色的动画场景像血一样鲜艳，人类的鲜血染红了亚达山的山间。血水如瀑，在洁白的雪山天堑绽出大朵大朵恐怖的花。

人工智能迅速做出结论："前方倒卡可能引发列车翻覆！"

金乙三郎倒吸了一口凉气，刚才摄入的酒精已经完全冲上了大脑，肾上腺素快速释放。"这可不得了，车上可有着五百来条人命！"

这可是他职业生涯里遇到的最大危机。

显示器上的信息触目惊心，按照当前时速，距离列车撞上倒卡，时间已经不多了。

这该怎么办？这不会是无心之举，这是冲着未来号来的蓄意谋杀。这是谁干的？是恐怖分子，还是敌国的特工机构？两个国家之间的斗争已经如此白热化了吗？

金乙三郎冲着控制台发出指令，感觉自己的声音有些发颤："停车！减速！马上！"

人工智能的声音响起："收到，立刻减速。"

显示器上的车速数据开始猛地下降，列车车身明显顿了一顿。

金乙三郎手心满是汗，他的大脑飞速转动，随即他意识到了一个更严重的问题："这可不妙，从这个速度急踩刹车，将车速减到零，是需要一段时间的。"

而这段时间，大于列车撞上倒卡的时间！也就是说，即便列

第三章 未来列车

车从这一秒开始减速,也一样来不及停车,还是会撞上倒卡。

如果列车保持着较低速度撞上倒卡,能否避免脱轨?或者说,列车需要在多低的安全速度内,才能即便撞上倒卡,也不会发生致命危险?

人工智能比人类脑子转得快,它已经计算出了答案,播报着平和的语音:"倒卡横插在两条轨道之间,最大刹车距离下的最低速度撞上倒卡,依然有风险。"

金乙三郎后背冷汗冒起,果不其然,最大刹车距离下的最低速度撞上倒卡,也一样会出问题!

人工智能继续播报:"请选择,是否继续减速?"

金乙三郎吓坏了,这可怎么办?他的心脏像要跳出来,他的手在发抖,这趟列车上可载有五百条人命。

"这叫我如何选择!"

到了关键时刻,人工智能还是没法替代人类进行伦理抉择。

车厢内,乘客已经被警报声惊醒,乱作一片。

人工智能一边拉响警报,一边安抚乘客不要惊慌,实在有点黑色幽默。对于智能程序来说,这分明就是两难的命题。

蓦地,一声巨响,金乙三郎背后的铁门被踢开。

谁敢擅闯驾驶舱?

金乙三郎正忙着处理操纵台上的各种数据,无暇回头,他喊了一声:"喂!乘警!"

未来号不光标配了人力乘警，还配置了武装机器人作为乘警的辅助力量。

他感觉不对劲，猛然转头，只见一个面色冷峻的中年男子站在他背后。而在中年男子身后的地上，躺着两名身着制服的白人乘警。白人乘警旁边倒着一台半人高的武装机器人。武装机器人已经停止了行动，它的"脑袋"被什么东西打穿了，窟窿里面发出"嗞嗞嗞"的电流声。

中年男子约莫四十岁，穿着黑色的短打夹克，黑色牛仔裤配黄色马丁靴。他满脸的胡楂，显得又沧桑又颓废，头戴的遮阳草帽掩不住一双锐利的眸子。

他抬了抬草帽，目光直视金乙三郎，他的眼睛锐利得像鹰。

金乙三郎的目光落在了中年男子垂下的右手上，他的右手正滴着油，带着微微的蓝色电流。这家伙用拳头打穿了武装机器人的脑袋！

列车的电视屏幕上，新的节目开播了。列车上的所有人命悬一线，然而他们谁都不知道，自己已经卷入了国寅总统和文森激烈讨论的一个致命话题之中。

电视屏幕上，只见国寅总统和文森端坐于演播室的两边，相互正面攻讦，谈的第一个话题是：如果有人袭击了我们国家的交通设施，该怎么办？比如，未来号列车。

第四章

狼狗武烈

能用拳头打穿武装机器人脑袋的人，并不多。

金乙三郎脑子里突然蹦出了一个危险的名字，那是一个穷凶极恶的人。

他指着列车前方那个致命危险的物体，大喊道："混球！这是你干的？"

中年男子并不否认，他用鼻子嗅了嗅，冷冷道："单一麦芽的威士忌？"

金乙三郎已经出离愤怒，这人将这趟列车置于生死危险的境地！

中年男子喃喃道："我不是混球，我叫武烈。"

金乙三郎倒吸了一口凉气。外号叫"狼狗"的奴籍人武烈，危险系数很高，他没猜错，来人真是武烈这个混世魔王。

"狼狗"武烈，过去曾是警察队伍的一员，因为对抗上级命令，赤手空拳打坏了二十几台武装机器人，从而被判处刑罚，还被AI审判长打入了奴籍。

这人什么时候释放的？这可是个危险人物。

武烈说话时呼出的气，明显也是饮过酒。不过，在漫长的旅途中，饮酒消磨寂寞，对于乘客来说是再正常不过的事，但如果是列车长饮酒，那就是违反职业操守的大忌。

金乙三郎大喊："你为什么要这么干？马上解除前面的危险！"

他想，这人既然自己也在列车上，肯定有遥控解除倒卡的办法。

武烈像是没听懂他说话："列车长，你驾驶时饮酒？"

金乙三郎怒吼道："滚！"

人工智能发出的警报声越来越大，越来越刺耳。

金乙三郎没有时间再理会武烈，他快速按下了全速刹车键，他要赌一赌，哪怕最大刹车距离下的最低速度仍有风险，可这样的风险总好过高速撞击带来的脱轨翻覆，这种低速撞击，即便发生一定程度的脱轨，他相信也能保住大部分车厢。

武烈道："等等，谁让你刹车的？"

他快步上前，欺近金乙三郎，金乙三郎下意识伸手挡他。只见武烈轻轻一掰，也不知用了什么手法，便将金乙三郎揽了下去，重重按在操纵台上。

第四章 狼狗武烈

金乙三郎一瞥之间,看到武烈脖子上有一个"U"形刺青,这是奴籍的标志。金乙三郎内心确信,武烈来自社会的最底层,一定是因为对所处的阶层不满,才会实施这样的恐怖行径。

自从总统实施奴籍制度,对民众进行阶层划分以来,这种事,新闻里出现得太多了。

武烈问道:"你叫我滚?"

也不知是不是死亡的迫近让金乙三郎发了狂,他大喊道:"我就是叫你滚,你这低等族群!"

武烈手上发力,将金乙三郎死死按在操纵台上。他一脚踢爆操纵台的人工应急窗口玻璃,一个人工应急操纵杆弹了出来。

武烈又问:"你怎么知道我是低等族群?"

金乙三郎道:"只有你这样的人,才能做出这种事!"

武烈冷笑道:"我且问你,如果这车人都死了,你还能不能区分低等或者高等族群?"

金乙三郎不说话。

武烈道:"谁给你的勇气,让你这么盛气凌人?"

武烈一边说,一边伸手去操纵那弹出的人工应急操纵杆。

金乙三郎大惊:"你要干什么?"

武烈道:"你是不是所有决定都交给人工智能?"

金乙三郎道:"那又怎样?"

武烈耸肩道:"你可真是'人工智障'!"

金乙三郎大怒，拼命挣扎起来。他已经意识到武烈要做什么，武烈要解除他刚刚按下的全速刹车。

这人是疯子，他要和车上所有人同归于尽！

金乙三郎发出杀猪般的叫声，差一点就挣脱了武烈的束缚。武烈加重力道，把他牢牢按在操纵台上。

武烈悠悠道："别这么高高在上，现在人类已经不多了。你若是还这么盛气凌人，我也不必将你当人。"

这话是武烈的口头禅。

人类社会发展到现在，居然又划分出阶层来，这种自以为属于高等阶层，进而看不起低等阶层的人，武烈真是发自内心想揍他。

人类的劣根性就在于，总以为自己在一定平台上，就能高人一等。

武烈拉动操纵杆，道："谁叫你刹车了，现在应该——全速前进！"

金乙三郎根本无法挣扎，武烈的右手像铁箍一样牢牢把他锁住。这人是外星部队的吧？这么强的力量！

金乙三郎大声喊："停下！这列车再往前，就会撞上倒卡！"

武烈把操纵杆拉到底，列车的速度猛然加快。

"你要干什么？快停车！"

武烈一把抓起旁边的面包，塞进了金乙三郎嘴里，道：

第四章 狼狗武烈

"真吵!"

列车猛然提速,金乙三郎的眼睛都要瞪出血来。

代表列车速度的数字在车厢的显示屏上快速飙升。

列车车厢的电视里,国寅总统和文森继续论战,此刻他们讨论的话题是如何抵御恐怖袭击。这个话题倒是很合时宜,不过列车之上,应该没人关心他们二人的"坐而论道"。毕竟恐怖袭击当前,关心命比关心政治重要!

有乘客爆发出一声大喊:"天!这是个疯子吗?加速去撞那个倒卡!"

武烈瞪着车头的前窗玻璃,在前方轨道的不远处,有一个精钢所铸的倒卡。根据人工智能计算,就算从现在开始减速,也已经来不及了。

危险已经注定无法避免,死亡将会如期而至。

武烈用力踩着电门,快速、反复地猛拉人工应急操纵杆。他已经将列车从智能驾驶状态转换为人工驾驶状态,并且将列车的行进速度推向了最大极限。

金乙三郎终于噎下了那块堵嘴的面包,他大喊起来:"疯子!快停下!"

"快停下!"列车上所有的乘客都在喊。

几名身强力壮的乘客扑到了驾驶舱。

这关系着所有人的性命。

根据人工智能计算,必须马上减速!必须马上刹车!可是,眼前这个家伙,一招之间制服了列车长,让列车不停加速。

加速!加速!

列车临近抵达倒卡的时候,已经加速到了极限。

列车警报灯的转动猛烈如飓风,海啸般的警报声在列车车厢内回荡。乘客的惊呼声和警报声混作一片。

"救命!"

"阻止那个疯子!"

两名身强力壮的乘客想要拉开武烈,武烈也不转身,一脚一个,把他们踢出老远。他手上根本不停,列车的人工应急操纵杆和加速电门,被压得死死的。

武烈的脸上露出一丝残酷的笑意。

金乙三郎没辙了,他被制服得很彻底,根本没法动弹。他闭上了眼睛,喊道:"凶手!你也要死!"

列车已经冲到了倒卡前。

武烈整个人紧张起来,他长吸一口气,将加速电门重重一踩,电门被踩成碎片,列车的车速直逼极限车速而去!

武烈道:"谁说老子要死?"

倒卡就在眼前。

列车已经欺近。

车速飙到了极致,仪表指针冲破程序设计的极限速度。

第四章 狼狗武烈

金乙三郎大声喊道："不要！"

武烈按着金乙三郎的身体，露出残酷的笑容，沧桑的脸上浮现出赌徒的兴奋神色。

赌徒的兴奋是什么？那是不知道输和赢，就敢开牌的气势。

武烈历经半生，不知道赌过多少次，也不知道输过多少次。

可是，这一次，他知道自己一定会赢！

因为他的赌注，是列车上五百条人命！

武烈狂笑着，大喊着，一脚重重踩在列车长金乙三郎身上，拉动操纵杆。

列车的速度仪表已经被冲破。警报声响得震天。

"来！"武烈大喝一声。

金乙三郎下意识地闭上了眼睛。

"砰——"只听一声巨响，列车驾驶窗前一道火光闪过。列车车身剧烈震动起来，绝大部分乘客吓得瘫坐在地。

亚达山依然寂静，正如雪崩来临前的寂静。

隧道里透出一道光。

生死时速！列车生生撞断了倒卡！

精钢铸成的倒卡被从中撞开成了两半，分别弹射到了隧道的石壁之上。

加速到极限之后，列车以一股巨大的势能撞断了倒卡！

经历了短暂而猛烈的震动之后，列车继续向前行进。

前方，是亚达山隧道的洞口。

那里光芒万丈。

那里如夜转昼。

一切的一切，由死向生。

这一切，皆因这个满脸胡楂的沧桑男子。

这是简单得不能再简单的道理：当物体的速度不停提高，它的动能也会提高。

武烈冷笑一声，道："列车加速到极限速度，这样的重量和速度，产生的动能可以媲美一发火箭弹，这一个小小的倒卡，怎么可能拦得住！"

如果凭借列车的撞击力就能够冲断倒卡，那么列车非但不该减速，还应该加速！可是，谁又能保证列车加速到这个份儿上，能彻底撞开倒卡且完好无损呢？在天上高速行进的飞机如果撞上小鸟，也会引发危险。

万一加速度的势能不够，列车势必会翻覆。

这是赌局，赌徒才敢这样做。

赌徒，拿自己的命，和五百人的命，进行一场豪赌。

金乙三郎瞪大了眼睛，看着武烈。这家伙原来不是凶手，他是来救人的。

警报解除，列车车厢安静下来，大家听见了列车上电视的声音。电视屏幕上，国寅总统和文森的论战还在继续。两人这一轮

第四章 狼狗武烈

论战的焦点是：如何应对恐怖主义入侵。

国寅认为，恐怖主义之所以会入侵，在于当前联盟国过于手软，应当加强军事行动。

而文森则将所有的恐怖袭击都扣到了国寅总统头上，他认为，如果不是国寅总统倒行逆施，联盟国不会有如此多的敌人。

看完国寅总统和文森的论战，武烈有点想笑，他知道自己刚刚阻止了一场惊天袭击，拯救了不少平民。这些高高在上的政客，真该来袭击现场体验一把，让大家看看他们会不会被吓得尿裤子，然后再一本正经地发表政治主张。

此刻内心嘲笑着政治人物的武烈可能连做梦都想不到，在未来的一段时间里，他将被卷入一场巨大的政治阴谋之中。

武烈一脚踢开金乙三郎，大咧咧地坐上金乙三郎的座椅，掏出一根烟，颤抖着点燃，深深吸了一口。

武烈问道："你是不是人？"

金乙三郎点点头，他惊魂未定，对武烈已是视若再生天神。

武烈道："你也是人，你知道人紧张时会怎样？"

金乙三郎喉结动了一动，咽了一口口水，道："渴！"

武烈一拍大腿："是了，把你珍藏的威士忌拿出来，孝敬老子！"

金乙三郎想要站起来，却发现自己因为受到惊吓而腿软。他看了看后面的乘客，绝大部分乘客都吓得瘫坐在位子上，让他们帮忙是指望不上了，他只能自己纡尊降贵给这个奴籍人服务。

金乙三郎连扑带爬，摸到储物格，摸出那瓶珍藏的威士忌，给武烈倒了一杯。

武烈一饮而尽，道："你是不是想问，我怎么知道该如何脱困？"

金乙三郎茫然地看着武烈。

武烈道："因为我从来不迷信人工智能的计算。"

他顿了一顿，接着道："我只相信人，这是我高中物理老师教的！"

第五章

贝利夫人

联盟国特工大楼的玻璃是蓝色的，墙体是白色的，单看外观，仿佛地中海风格的度假酒店。此处便是国寅总统在演说中提到的未来特工局，这个机构隶属于情报院，而情报院是国府十二院里最具实力的部门之一。

这座外观低调、只有五层的大楼，隐藏在东部山区的田野林间。这一片到处是高端度假酒店，它隐于其中，不显山不露水。

大楼墙体的蓝色玻璃是单向玻璃，从外面是看不到里面的，而里面的人却可以看到整个黑格庄园。

黑格庄园的大麦田一望无际。

身形微胖的贝利夫人身穿连衣长裙，戴着金丝眼镜，正从楼上俯瞰庄园。

远远地，她看到武烈的双翼悬浮车开到了庄园中心的水池前。武烈的车开得很野，没有轮胎的悬浮车速度如果飙起来的话，会扬起很大的尘土。对于追求干净整洁的贝利夫人来说，她好几次都想开枪毙了他。

武烈的悬浮车一个甩尾，停了下来，两名警卫跑过来，准备接应他的车。

武烈看向五楼的窗户，仿佛知道贝利夫人在那里等着他。他一脸脏乱的胡楂在阳光下闪着青光，脖子上的奴籍标志格外显眼。

奴籍标志是一个"U"形刺青，据说参考了马蹄的形状。

武烈从车上拉下来一个身着工装、惊慌失措的男子，那男子的手上铐着电子手铐，而电子手铐的另一头就系在武烈腰间。男子鼻青脸肿的，一看就知道挨了武烈的揍。

贝利夫人脸上露出一丝不易察觉的微笑，嘴里说道："狗咬狗，真是粗鲁的奴人。"

贝利夫人的声音通过耳麦传给武烈，武烈不以为意，耸了耸肩，然后朝特工大楼竖起了中指。

贝利夫人对着耳麦道："我原以为你戴罪入职，这些年能文明进步一些。"

武烈不卑不亢道："搞出奴籍这一套，文明到底是进步，还是倒退？"

"地球的资源越来越稀缺，不区分阶层，就谈不上文明。"

武烈一边走一边反驳道："阶层是谁定的，上帝？"

第五章 贝利夫人

"是法律!是伟大的AI审判长!"贝利夫人笑得很大声,"猎犬,你今天带了什么回来?"

武烈拖着身边的男子,像拖着死狗一般,逐级走上大楼的台阶,用自己的虹膜开启了门禁。

地中海酒店风格的大门快速打开,里面的陈设像是过去的西部荒野警署。

每次回到特工大楼,武烈都会感觉不爽。进门前是法式葡萄酒庄园,楼宇是地中海酒店,进门后又变成了西部荒野,这混搭而古怪的风格,听说是特工局局长亲自设计的,真是个没念过书的设计师,混搭都能混搭出时空错乱的感觉。

没办法,谁让人家大权在握,可以任性。

"来,有猎物。"武烈向不远处的两名探员吹了声口哨,二人跑过来,接过了他的"猎物"。

那"猎物"大声叫喊着,表达着自己的愤怒。

武烈径直大步走向电梯。

复古风的电梯快速拉升,显示抵达了五楼。

贝利夫人在那里等着他。

粗狂的武烈像移动的荷尔蒙,快步走向傲慢、臃肿、矮小的贝利夫人。

"为了表达对社会的不满,他在未来号列车轨道上安装倒卡,企图倾覆行进中的列车。这人会被判处终身监禁吧?"武烈问。

贝利夫人抬一抬眼镜，道："比起被你打死，终身监禁应该是他最好的归宿。"

武烈冷冷一笑，道："抱歉，抓捕他的时候，我喝多了一点。"

"不，别抱歉，不咬人的狗，我们是不需要的。"贝利夫人轻轻一笑，接着说，"我想知道，你为什么会如此凑巧，就在未来号上？"

武烈道："我接到线人的情报，有人要在未来号上制造恐怖事件。"

"线人？是谁？"

"抱歉，不能说。干我们这行，需要保护自己的情报来源。"

贝利夫人很认可地点头："是的，每个探员都有自己的情报来源，而且根据'保护线人身份原则'，旁人是不能过问情报来源的。"

"我的这个线人有些特别。"武烈话中有话，其实他是接到了一个匿名报案电话，并不是长期维持线报关系的线人给他提供了情报，只不过他不愿意让人觉得他能破获大案、拯救列车纯属侥幸。

贝利夫人揶揄道："你接到线人的情报，就独自拯救世界去了？"

武烈道："不然呢？难不成等着层层请示，不断开会讨论，验证情报的真伪，再研究制订方案……那样的话，列车上的人恐

第五章 贝利夫人

怕已经死几遍了。"

贝利夫人翻了个白眼,道:"你知道的,我一向只看中结果。"

武烈道:"结果是,我救了列车上的人,抓住了犯罪嫌疑人。"

"我们出动了将近二十名探员,地毯式搜索,都没有破案,你是怎么找到他的?"

武烈歪着头:"你刚刚不是说过了吗?"

贝利夫人疑惑:"我说什么了?"

武烈说道:"你说,'狗咬狗,真是粗鲁的奴人'。"

贝利夫人道:"那又怎样?"

武烈一耸肩:"只有狗才能读懂狗的世界。"

贝利夫人笑了,很满意地笑了:"好了,等到他接受审判,你的刑期可以抵扣。"

武烈正色道:"我可不想抵扣刑期。"

贝利夫人逗他:"哦?你是迷上了当狗的感觉?"

武烈上前一步,他高大的身形像铁塔一般,给贝利夫人带来了压迫感。他道:"我要释放我的女儿。"

贝利夫人低头看了一下腕表,她的腕表是刚刚上市的冥王星,价值不菲。

武烈问:"怎么?"

贝利夫人道:"我一会儿要去参加总统的办公会,我是在看你还有多少可以废话的时间。"

武烈道："你答应过我的，只要我破获足够的案件，累积到释放奴籍的分数……"

"不，法律规定的是，累积一定分数，你能获取自由，而不是你的近亲属。"贝利夫人抬起头来。

武烈捏紧了拳头，道："你当初不是这样说的。"

贝利夫人耸一耸肩，道："你知道问题出在哪里吗？"

"出在哪儿？"

"我是这里的主管，而你不是。"

武烈看着贝利夫人，他的神情就像一头发毛了的豹子，不过，这个表情只持续几秒钟，武烈就生生止住了怒意。他像一个蹩脚的演员般努力切换着喜怒表情，着实有些尴尬。

"你的意思我明白。"

贝利夫人笑着说："你虽然很冲动，可是脑子一向好使。"

"在法律范围之内，一点办法都没有？"武烈叹气道。

贝利夫人点头："是的，一点办法都没有。"

武烈道："可是你也说过，这栋楼里有很多地方，法律管不到。"

贝利夫人道："是的，我说过。有很多地方，法律管不到。"

武烈道："那就一定还有法律之外的办法，对不对？"

贝利夫人看着武烈："有。你要不要试一试？"

武烈眼睛放光，道："你说。"

第五章 贝利夫人

贝利夫人转过头，落地窗外，天色阴沉，云层厚重，天上有零星的家用飞行器在往来穿梭。

"你是不是以为，抓住了这个企图倾覆列车的奴籍人，就解决问题了？"贝利夫人冷不丁冒出一句话。

武烈不说话了。贝利夫人又问："告诉我，你是怎么锁定他的？别重复狗咬狗那些废话。"

武烈道："我检查过那个倒卡，做得很精密。"

贝利夫人道："然后呢？"

"说明犯罪嫌疑人是熟悉或者精通铸造活的。"

"这个范围很大。"

武烈道："那个倒卡与列车轨道严丝合缝。"

"这又能说明什么？"

"如果尺寸不合，是无法阻挡列车的。"

贝利夫人道："犯罪嫌疑人作案的心可真是坚决。"

武烈道："严丝合缝说明犯罪嫌疑人事前掌握了轨道的设计数据。"

贝利夫人道："这人在亚达山进行了勘验？"

武烈道："对，没有想不到，只有做不到。"

贝利夫人道："所以你调阅了最近一段时间出现在亚达山周围的所有通信设备情况。"

"来亚达山登山的游客并不多，最近可是防范雪崩的季节。"

贝利夫人道:"继续。"

武烈道:"打造这枚倒卡,至少需要两周时间,也就是说,犯罪嫌疑人在两周之前就完成了实地勘验。"

贝利夫人饶有兴致地看着武烈,很明显,她对武烈的推理很感兴趣。

武烈接着道:"只要把在亚达山附近出现过的所有手机信号都查一遍……"

贝利夫人道:"这需要十足的耐心。"

武烈道:"在大数据侦查被发明出来之前,我们用的都是一种耐心十足的法子。"

"是什么?"

"犯罪心理画像。"

"说来听听。"贝利夫人双手交叉在胸前。

武烈道:"第一,具备专业铸造知识,家里或者工作的地方有铸造的工业条件;第二,两周前曾出现在亚达山的通信基站范围内;第三,具备反社会人格,或者不满足于生活现状,或者经历了生活的不幸。"

贝利夫人的眉头微微皱起,道:"你就是这样锁定了犯罪嫌疑人?"

"不然呢?"武烈一摊手。有什么问题吗?这可是侦查工作的基本功。

第六章

幕后推手

贝利夫人沉默了一会儿。"我的天啊,你就是这样锁定嫌疑人的?"

武烈微笑道:"是的。"

贝利夫人抬一抬眼镜,道:"我想问一个问题。"

武烈道:"请。"

"为什么我们出动的二十名探员没有像你一样找到他?"

武烈道:"很简单,对于他们来说,这只是一份工作,而对于我来说,这攸关生死!"

"我可以理解成,你是在对我们的特工体制发表不满的言论吗?"

"你怎么理解都行。"武烈一摊手。

贝利夫人眼里闪烁着睿智的光,道:"武烈,你记住,你只是一条猎犬。"

贝利夫人的气场骤然上升，这个掌管国家情报机构反恐部门的女强人看起来身形矮小，实则气场无比强大。武烈被她气势所慑，尴尬地杵在那儿。

贝利夫人转动自己的腕表，旋钮口射出一道扇形的光，光投射到洁白的墙上，形成投影。

被武烈揍成死狗一样的男子，眉清目秀地出现在投影上。投影上快速跑动各种数据，显示他的个人信息。

贝利夫人缓缓道："犯罪嫌疑人叫韩奎，男，32岁，东亚裔，曾在泰瑞工业从事机床工种，单身，嗜赌，有吸食K物质史……"

武烈问："K物质？"

贝利夫人道："一种新毒品，在奴籍人当中很流行。"

武烈道："抱歉，我没跟上潮流。"

贝利夫人接着道："他就像一枚合格的螺丝钉，在庞大的社会机械里，日复一日地履行自己的工作。他虽然不满足于生活现状，也经历过生活的不幸，但这并不是他倾覆列车的犯罪动机。那些不满足和不幸，对于他心理影响的作用率只有35%，这是大数据和人工智能分析出来的结果。"

武烈瞪大了眼睛，道："我的判断错了？"

贝利夫人道："人类一思考，上帝就发笑。"

武烈惊讶道："你们之前就掌握了这些？"

第六章 幕后推手

贝利夫人笑了，笑容里嘲弄武烈的意味很明显。她道："你从来不相信人工智能，你只相信你自己。"

武烈道："我相信自己有什么错？"

贝利夫人道："所以，你只能做一头猎犬。"

武烈尴尬地笑道："至少说明，我的推断和你的大数据结果差不多。"

贝利夫人道："差太多！"

武烈道："可是，我一样把犯罪嫌疑人抓住了！"

"是吗？"贝利夫人板起了脸，她的面容冷峻得可以杀人。

武烈不说话了，贝利夫人的厉害，他是领教过的。这个胖女人，是这座特工大楼里的实权人物。

贝利夫人问道："如果是报复社会，为什么不去购物商场或者电影院这种人多的地方干一票？那对于他来说，非但简单容易得多，还能实现同样的效果，为什么要如此大费周章？"

武烈沉声道："他是觉得影响不够，动静不够大。"

贝利夫人道："是的，重复我刚刚的问题，你是不是以为抓住了韩奎，就解决问题了？"

武烈说不出话来。

贝利夫人又道："对于一个日复一日的'螺丝钉'来说，为什么需要这么大的动静？"

武烈还是说不出话。

贝利夫人道:"比起单纯报复社会的行为,有一种可能性更加可怕,那就是这事背后有政治目的!"

武烈豁然开朗,道:"他背后还有推手!"

"有人收买了他。你只看到了案件最粗浅的表面,这就是你只相信人力推理的结果。"

武烈低下了头,他有些泄气。照贝利夫人所说,他抓住韩奎,不过只是揭开了案件的冰山一角。

贝利夫人扬声道:"找到幕后推手才是解决这个问题的关键!就在我们的探员放长线钓大鱼的时候,你突然从天而降,把这韩奎揍了一顿,然后带到了我的面前,得意扬扬地给我说,你完成了任务!"

贝利夫人没有忍住内心的火山,对武烈爆出了粗口。

武烈彻底石化了。他不光没有立功,反而还闯了祸。

贝利夫人平复了一下情绪,问道:"现在,你还要不要释放你的女儿?"

特工大楼的天顶是透明玻璃,天空乌云厚重,白昼变成了夜晚。天顶的众神像雕花不停旋转。

武烈道:"你刚刚说过,你还有法子的,对不对?"

贝利夫人冷笑道:"是。"

武烈道:"那我想听听你的法子。"

贝利夫人抬起腕表,慢慢摩挲着,缓缓道:"我给你十二个小时，抓到韩奎背后的人。"

"这样我就可以释放我的女儿？"

贝利夫人道："是。"

武烈转过身，大踏步往外走："但愿这次你说话算话。"

贝利夫人喊："你要去哪儿？你知道上哪儿找他们？"

武烈立定脚步，头也不回，道："在哪里跌倒，就从哪里爬起来。"

"哦？哪里？"

武烈道："你不相信人力的推理，是吗？"

贝利夫人一耸肩："我可没这么说。"

"在大数据和人工智能出现之前，所有的侦查手段都是原始人力的。"

贝利夫人道："那又怎样？"

武烈侧过脸，他棱角分明的面容拉出一个冷酷的笑容。他道："韩奎去亚达山上勘查过轨道。"

"是的，通信基站里出现过他的手机信号。"

"我有个严重的错判。大胆假设一下，既然韩奎背后有人指使，那他有没有可能事先就已经掌握了轨道的数据？"

"有这个可能。"

"所以，他可能不是去测量尺寸，而是去复勘一下自己设计的倒卡，尺寸是否合适。铸造过程中，需要先做一个草样，然后去现场进行复勘。而制作草样，需要图纸……"

贝利夫人道："你是说有人把未来号轨道的图纸给了他？"

武烈道："对极了。未来号的设计图是高度保密的。"

贝利夫人道："为什么我们不撬开韩奎的嘴，让他直接交代是谁给了他图纸？"

武烈冷冷道："你看到他脸上的伤了吗？"

贝利夫人道："看见了，怎么了？"

武烈道："如果能撬开他的嘴，他也不会被打成这样。"

贝利夫人反讽道："下次你最好直接毙了他。"

武烈道："哪些人掌握了未来号图纸？找图比找人容易多了。"

他说完，转身继续大步出门。

贝利夫人喃喃道："噢，我的乖狗，希望你的推理这一次不会让我失望。"

武烈大踏步走了。贝利夫人看着他离去的背影，露出了一个意味深长的笑容。

武烈离去的方向有亮光，贝利夫人正站在亮光所及的范围之外，她站在阴影里，仿佛和黑暗融为一体。

她的身后，出现了四个黑影。

其中一个黑影沉声道："这么重要的事，你居然交给一个奴籍人？"

第六章 幕后推手

贝利夫人头也不回，道："你也看见了，他很能干。"

"比我们还能干？"

贝利夫人转过头，看着身后的人影，目光中充满赞许："乔克，作为我的四张王牌，你们有更重要的事。"

说话的男子名叫乔克，是特工局的四大王牌特工之一，外号"鬼眼"。乔克脸上戴着半截小丑面具，面具遮住了他早年在第一次光离子世界大战中留下的烧伤，却遮不住他整个人透出的阴鸷、狠辣、狡猾。

贝利夫人很满意地检阅她手下的四张王牌。这四个人，与其说是特工，不如说是杀手，只要贝利夫人发出指令，就能暗杀这个世界上的任何人。

是的，任何人。

乔克躬身向贝利夫人行礼："请吩咐。"

贝利夫人道："大选马上就要开始，有几个邦已经转投了文森。"

文森是反对党党首，目前在大选的预选中，正和国总统一较高下。

乔克道："需要我们做什么？是暗杀文森，还是暗杀国总统？"

"别开玩笑了，一切情报和特工工作都是服务于政治的。"贝利夫人接着道，"交通院的罗斯死了，他是文森的'头马'，国寅和文森两人居然很有默契地都捂着媒体，不让曝出罗斯之死，你们不觉得有趣吗？"

乔克道："他们想怎样？"

贝利夫人道："对于两个成熟的政客来说，罗斯的死应该在一个对自己更有利的关键点上公开。人怎么活着不重要，关键是要怎么死。"

乔克那半截小丑面具透着阴森的气息："夫人，有时候我都搞不明白，你到底站在哪一边？文森还是国总统？"

"你以后会知道的。"贝利夫人道，"记住，我们现在要推进的计划，比什么抓倾覆列车的嫌疑人，有价值得多。"

"那武烈抓到的韩奎，怎么办？"

"你说呢？"贝利夫人目露凶光，补充了一句很重的话，"他知道的太多了。"

第七章

神秘电话

武烈回到特工局宿舍,简直要一头栽倒下去。

他太需要一场充足的睡眠了,从他登上未来号,到追击韩奎,他几天几夜都没有休息过。

他如此拼命,完全是为了让女儿脱离奴籍。

这些日子,他不停地抓捕要犯,终于快要累积到一定的积分了,贝利夫人居然反悔了。武烈别无他法,只能继续追踪。

其实武烈并非没有意识到未来号列车倾覆事件背后有问题,只是他不愿意去多想。他原以为只要把韩奎交给贝利夫人,就算完成了任务。

贝利夫人比他想象的要精明得多。

如果未来号列车倾覆事件的背后有人指使策划,那么指使者一定还会寻找机会实施恐怖活动。

武烈拿起了自己的情报手机,其实围绕未来号列车的行动,源于一个神秘的匿名电话。情报手机是专门用来和线人进行联络的，具有极高的通信安全保密等级，能有效地保证线人的安全。

特工局的每个探员都有自己的线人，线人是探员掌握各行业、各领域动向的基本情报单元。有些探员的线人很多，多达数百位。武烈被称为"狼狗"，可不是因为他鼻子灵，而是因为他有着广泛的情报来源。

几天前的一个深夜，武烈的情报手机响了，电话那头是一个陌生女人的声音。他可以确定，这女人并不是他长期联络的线人，他从来没有听过这么好听的女声。

这就奇怪了，外人是怎么知道他的情报手机的？电话那头的声音很从容，听起来不像是恶作剧，只听那女声道："后天早上，班次E7221的未来号列车，将会发生恐怖袭击事件。"

武烈立刻坐了起来，问："你是谁？你是怎么知道的？"

"别问我是谁，要救列车，你的时间不多了。"

武烈笑了，道："我凭什么相信你？"

女人道："你要积累分数，救你女儿，不是吗？"

然后电话就挂断了，武烈愣在当场。显然，对方对武烈知之甚详。直觉告诉武烈，对方不是恶作剧。这样一通真假难辨的匿名举报电话，难不成还要报告给贝利夫人？她不把自己骂一顿才怪。

坐车去看一看亚达山的雪景也不错，很快，武烈便登上了未

第七章 神秘电话

来号列车,并遇上了倒卡事件。

这通电话如此精准地预言,对方到底是谁?武烈好奇心大起,他想查一查这个匿名号码,可是这个号码是个网络虚拟号,只有提交技术部才能进行追踪。

贝利夫人给他十二个小时,去找到韩奎背后的人。这个声音好听的女子,是不是知道什么内情?或者说,她就是韩奎背后的指使者,她是来挑衅警方的?

现在武烈只能等待,等待技术部给他回信儿。如果能从这个号码上得到一些线索,案件很快就能有所突破。

谁给武烈打来的神秘电话,这很重要。

等待总是枯燥的,于是武烈拿起了床头柜上的酒瓶,大口大口地灌。他是唯一获得贝利夫人允许的,可以在特工局宿舍喝酒的人。

没有酒精,武烈感觉自己就没有灵魂。他对酒精已经产生了重度依赖——不喝酒,他就无法入眠,也无法正常思考。

特工局宿舍是武烈的临时住处。奴籍人是不能在公民城市居住的,奴籍人被限定居住在海对面的二十九街区。从二十九街区到公民城市区域,需要经过一座长长的时空传递桥,大桥上布满了关卡和警卫。

只有获准例外的少数奴籍人能每天进入到公民城市,并被派往各种低层级的工作岗位。到了晚上,这些奴籍人必须穿过时空

· 051 ·

传递桥，回到二十九街区。

这是两个世界。

武烈不光获准了可以在特工局宿舍饮酒，还获准了可以在特工局过夜。

武烈喝光了酒瓶里的酒，脑子清醒起来。未来号图纸，是属于交通院的机密。他猛地想起了一些坊间传言。

传说交通院院首罗斯可能出事了，有人说他死了，有人说他被总统下令拘捕了。官方封锁了关于罗斯的一切消息，但是武烈从一个交通部门朋友那里打听到，罗斯确实很久没有召开过办公会了。

作为联盟国十二院院首之一，这么长时间不露脸，本身就是件奇怪的事。如果罗斯真的出事了，那和韩奎袭击未来号，会不会有什么联系？

武烈拨出了一个电话，在这个特工局里，有一个他信任的人。

电话响了很久，终于，一个女声接了起来："我在忙。"

"信惠，是我。"

"你稍等。"女声停顿了一下，声音低了下去。电话这头的武烈能感觉出她像做贼一样，掩着手机寻找一个方便接电话的地方。

接电话的女子叫乔信惠，是特工局情报技术部搜查组的九级

第七章 神秘电话

探员。乔信惠比武烈小两岁，瘦瘦高高，长着一张东方面孔，戴着大大的镜框和厚厚的镜片。她长年从事技术工作，天天对着电脑，是个深居简出的IT人士。她能陪伴家人的时间很少，丈夫还总是花天酒地。两年前丈夫某次外出花天酒地时，她找上门，抑制着盛怒，一枪打爆了灯柱，玻璃划伤丈夫的脸，二人于是离婚。

乔信惠独自带着女儿，她能理解并共情武烈想要解救女儿的心情。这也是武烈觉得能信任她的原因。

人和人交往，并不区分层级。

乔信惠不是第一次帮武烈偷偷查信息了。

"我有个重要的事情要问你。"武烈在电话这头也压低了声音。

乔信惠离开自己的工位。她的工位桌上，全透明材质打造的超智能电脑正在不停地分析情报数据。她躲到了一边的角落里接听电话。

乔信惠道："别说你想问和韩奎有关的事。"

武烈讶道："为什么？"

乔信惠低声道："关你什么事？"

武烈有点急："这事儿和我有关系。"

"头儿专门打了招呼，不准给任何人泄露资料。"

武烈道："你知道韩奎做了什么吗？袭击未来号！"

"我知道。"

"如果我不抓获韩奎背后的指使者,说不定会发生更大的恐怖袭击。"

乔信惠下一句话差点把武烈噎死。

"关你什么事?"

武烈无言以对。

乔信惠道:"这个国家每天都会发生这样那样的事。"

这特工局里都是些什么人!武烈想了半天,重新找了个理由:"如果我不抓获韩奎背后的指使者,我女儿就无法脱离奴籍。"

"你想打听什么?"

武烈兴奋道:"我要韩奎的手机。"

乔信惠在电话那头停顿了一下,告诉武烈:"手机被销毁了。"

武烈眉头一跳,这可不对劲,韩奎的手机为什么会被销毁?这不符合流程。

按照办案分工,他作为"猎犬",只管擒获犯罪嫌疑人,而搜查和技术分析、固定证据的活儿,会交给其他专业部门。

这么快就销毁,太不合常理了!

武烈疑惑道:"谁下的命令?"

乔信惠板起了脸,一副公事公办的语气:"我也不知道,我

第七章 神秘电话

只接到了小组长的通知。"

乔信惠的层级不高,接触不到更高层面的信息。

武烈换了种语气,像哄孩子般说道:"前几天,末日乐队推出了新歌,后天他们有一场演唱会……"

乔信惠在电话那头差点没忍住笑,这是她女儿乔娜曾经喜欢的乐队。

武烈接着道:"你那么忙,天天守着电脑,一定没有时间买票……"

"乔娜已经不听末日乐队了,他们的歌词太暴力,会教坏孩子。"

武烈道:"所以我买了晨曦乐队演唱会的票!"但凡叫什么晨曦的,一定比叫末日的阳光些。

乔信惠道:"你买票,关我什么事?"

毫无疑问,晨曦乐队是小姑娘乔娜的新欢,这一点武烈比乔信惠清楚。

武烈自信道:"你一定备份了韩奎的手机。"

乔信惠道:"我备份他的手机,关你什么事?"

武烈感激道:"我知道你一定一定不会袖手旁观。"

乔信惠道:"关我什么事?"

"关你什么事"和"关我什么事"是乔信惠的口头禅,据说这两句话能解决人生中百分之八十的烦恼。

乔信惠的风格，武烈太了解了，她口口声声说着不关她事，但如果她真的选择"高高挂起"，她就不会备份韩奎的手机数据了。

没过多久，武烈拿到了备份的韩奎手机数据。

这是乔信惠解析后的手机数据。韩奎在作案之前，将手机删得干干净净。乔信惠借助特工局的技术，将手机上的数据全部进行了还原和备份。

他快速翻阅韩奎的手机数据。

东博社，一个熟悉的名字跳进了武烈的视线。

通过技术恢复的数据里，发现了大量东博社的学术文章。

在联盟国内，恐怕没有人不知道东博社。这个一开始由激进青年组成的社会团体，在不同场合、不同媒体上发表反对国寅总统某些重要制度的观点。比如，他们反对通过奴籍区分阶层，也反对通过人工智能来实施法律。

起初，这个团体不过是一个学术研究团体，后来，随着越来越多的人加入，东博社形成了一股不可小觑的势力。

认可他们观点的人，甚至不乏在野党。反对党党首文森有一阵对东博社的态度很是暧昧，曾在公开场合接见过东博社的高层人士。在文森看来，反对国寅的，就是可以拉拢的朋友。

国寅总统也不是吃素的，眼见东博社在文森的支持下做大成势，便迅速指示情报院开展调查。随后情报院查明，东博社接受

第七章 神秘电话

敌国金钱资助，有意蛊惑人心，意图瓦解国寅总统的执政基础，甚至从事恐怖袭击活动。联盟国军警迅速出动，一举抓捕其骨干成员。

如果有从事恐怖活动的嫌疑，那性质就变了。文森党派的人迅速撇清了和东博社的"公开"关系，但是文森可没闲着，他背地里发动了不少媒体，渲染了不少东博社的正面故事。

他就是要让国寅总统难堪。

就在不久前的演说中，国寅总统已经宣布将于大审判日对东博社的十名要员进行审判，这些人涉及十大重罪。

武烈看着数据里的信息，韩奎明显是接受东博社思想的。韩奎在阅读了东博社的文章之后，写下了不少心得批注。武烈看得触目惊心，连韩奎这样的螺丝钉，都受到了东博社的影响。只见韩奎的批注里写道：推翻奴籍，获取自由！

武烈气得笑了，推翻奴籍当然没什么不对，可是韩奎你被利用了！你搞的是恐怖袭击，是杀人，是倾覆列车！受伤害的都是平民，都是鲜活的生命！

就算国寅总统有再多荒唐事，可是在应对恐怖活动时，依然是杀伐果断的，依然是得到国内民众支持的。

那么，韩奎是不是东博社的人？东博社的十名重要成员已经被捕，韩奎做这些到底是受谁指使？这些和即将到来的大审判日有没有关系？

武烈继续翻阅韩奎的手机通话记录。

蓦地,他有了一个重大发现。

一个号码在案发前曾多次打给韩奎,且每次通话时间都极短。

虽然暂时不知道交谈内容是什么,可是武烈从乔信惠的恢复日志里发现了异常。被抓之前,韩奎不止一次对手机进行了全方位清理删除,而每一次删除的时间点,都是与这个号码通话之后。

这样的举动,才是可疑之处!

武烈抄下了这个号码,向电话局查询中心求助。他虽然只是临时雇用的特工局编外人员,可是贝利夫人给了他极大的查案权限。他"名声"在外,查询中心的接线员一听是他打来的,都客客气气,像是生怕他从电话那头钻过来,把自己揍一顿。

于是,武烈查到这个号码是从交通院拨出的。

根据查询中心对号码常用人的匹配,这个号码的常用人是交通院院首罗斯的秘书凯琳。

凯琳?武烈在脑海中飞快搜索,他猛地记起,他在电视上见过凯琳。那是某个太空站交通线项目的竣工仪式,她站在罗斯背后,类似波斯的血统让她整个人有一种奇异的漂亮。

未来号的图纸数据,是不是凯琳传给韩奎的?她这么做的目的是什么?武烈想起国寅总统的演说:要警惕沙朗遗民的渗透和

第七章 神秘电话

恐怖活动。凯琳的异国血统，是不是来自已经灭国的沙朗？

看来，自己得去会一会这个倾倒众生的美女。

武烈又想起那晚的神秘电话，那个声音充满魅力的女人，是不是就是凯琳？他内心深处，其实挺想和这名神秘女子产生一些联系的。

第八章

奴籍街区

凯琳走在二十九街区的街头，这里是奴籍人的限定聚居之所。和电影里的破旧场景相似，此处脏乱不堪，灯红酒绿显得异常艳俗，角落里阴暗和颓废并存，三三两两的醉汉叼着大烟枪，穿着随意，在街区里肆意横行。

满街都是文身和劣质机械臂，随处可见售卖违禁药品的悬浮广告。

凯琳用一件黑色风衣包裹住自己，又用一顶鸭舌帽遮住了头脸，快步穿过冒着浓烟的巷子。她要去见的人，藏在这个街区的深处，穿过这条巷子，是最快的路线。

巷子东口的远东酒馆，刚刚被一伙朋克仔砸了，从浓烟的程度来看，这是用了汽油弹一类的东西。这帮人来自"森林帮"，这是这里的一个黑帮，臭名昭著，人见人恨。

这个街区没有秩序，政府设立的治安官基本上也是在醉酒度

第八章 奴籍街区

日。地球到底还能持续转动多久都是个问题,谁还去管奴籍人的居住地治安好坏呢?

在这个街区,暴力就是解决问题的一切方法,反正都是奴籍人,全部死掉也无所谓,反正地球资源已经不多了。

凯琳快步从冒烟的酒馆旁走过,她混在看热闹的人群中,缩着身子,尽量不引起正在酒馆外纵火的朋克仔们的注意。

"快看,美妞!"一个满身文身的粗汉大喊道。他看见一道纤细的身影走过去。凯琳虽然包裹严实,但她气质出众,特别是在一群邋遢颓废的奴籍人当中,就更显得独特。

一名朋克仔怪笑着,伸出满是体毛的手,拦住了凯琳的去路,他就像一头棕熊。

"棕熊"站在凯琳面前,足足比她高了三个头。

"小妞,你很面生,来找谁?"

凯琳站住了脚步,她抬起头,眼睛深邃如星辰。"棕熊"吃了一惊,他从来没见过这么漂亮的女人。"棕熊"吹了一声口哨,背后十几个朋克仔围了上来,不怀好意地笑着。对于他们来说,当街纵火和当街强暴一名女性,都是常有的事。

听见"棕熊"的口哨,街边其他闲人像避瘟神一般,快速撤离,很快消失得无影无踪。

凯琳没有说话,她冷冷地看着面前十几个粗糙汉子。她早就听说过他们,一群无知无畏的流氓,她早就想收拾他们了。

可是，现在并不是合适的时机。她有更重要的事要做，况且，她现在不能引人注目。不管是不是在奴籍人的街区，一个美丽绝艳的女刺客，一口气干掉十几个大汉，这肯定会上二十九街区的新闻。

凯琳有过一丝迟疑，要不要在今天就把他们全部干掉？依照她的风格，不动手就罢了，一动手，就要把这帮人全部化整为零。

凯琳低声道："快滚。"

她努力抑制着自己的怒气。她不能随便动手，她必须服从命令，即便有人要杀她，或者有人要强暴她，她都不能暴露自己的身手。上头的命令，就是她的全部！

她的声音很好听，朋克仔们笑了起来。

"棕熊"一把拉住她的肩膀，得意地笑了起来："小妞，你今天走不了了。"

"棕熊"身后的兄弟们跃跃欲试，争当第二号、第三号男宾。

"棕熊"的手冒着一股难闻的味道，那粗壮的胳膊、宽大的掌骨，和熊掌没有两样。他的右胳膊上刺着一个熊头文身。

凯琳眼里看见的根本不是人体，她看见的都是骨骼、肌肉、血管、神经。她师从当世顶级刺客，她的老师把她培养成了绝顶杀手，她就像一把利器。她能用最精确的计算，用最少的力，切开人体最关键的地方，甚至可以让人不带疼痛地死掉。

只需要十五个动作，她就能将眼前这十几个粗汉全部干掉。

第八章 奴籍街区

用时不会超过一分钟。

但凯琳还是没有动,她的身体早已不属于她自己,如果她现在违抗命令和别人大打出手,暴露了身份,那么带来的后果将极度严重。

"棕熊"一把扯开她的衣领,雪白的肩头露了出来。朋克仔们狰狞地笑了起来,眼前的凯琳就像被狼群围住的羊,谁都知道下一秒会发生什么。

"啪"的一声轻响,"棕熊"感觉头上一阵剧痛,然后有液体流了下来。他顺手一摸,是自己的血。他的头被一枚不明物打中了,他摊开手心,是一枚槟榔壳。

槟榔壳都能掷出这么大的劲儿!"棕熊"狠狠地回过头,谁这么大胆!

然后他就看见一名二十来岁的男子,瘦瘦高高,斜斜地倚靠在土墙边。

"棕熊"压抑着滔天的怒意,走了过去。

男子轻轻挽起袖子,露出一个虎头刺青。

"那是……黄力虎?"朋克仔们迟疑了一下。

"棕熊"怒不可遏道:"这妞是我先看上的!"

黄力虎整理了一下身上破烂的衣裳,走上前,懒洋洋地道:"我不是要和你抢妞。"

"棕熊"问:"那你想干什么?"他警惕地侧了侧身。

黄力虎已经走到了他面前,和这伙流氓比起来,他身形单薄,显得极其瘦小。他露出一个桀骜的笑,道:"我是专程来揍你们的。"

他话音刚落,一拳已经挥了出去。黄力虎自称是二十九街区的"打架王",人狠话不多。

"上!"朋克仔们呼喝着一拥而上,一场常见得不能再常见的街头斗殴迅速拉开序幕。

黄力虎的身手简单直接,他没有受过专业训练,也没有什么招数套路,他从小打架,混迹在这个街区,架打得多了,也就打出了自己的心得。

黄力虎出手极其老道,也极其狠辣,不出三五招,地上已经趴了一片,剩下五个勉强还能站着的,战斗力都不低。这五人一起行动,将他包围起来,他快速地在包围圈中穿插、腾挪,寻找破绽,伺机踢打对手,只要有一人被踢倒,这包围之势就能彻底瓦解。

"棕熊"是这群流氓的头头,身手自然要高出一截。他抄起地上的酒瓶,就要往黄力虎身上招呼,他推开挡住视线的手下,从一个刁钻的角度斜斜挥向黄力虎。

此时的黄力虎正在踢打两名缠住他腰的朋克仔,他身形一扭,抱住对手,将其向"棕熊"摔了过去——这一招,源于古国柔道。

被摔的朋克仔像炮弹一样猛冲向"棕熊",而黄力虎前手刚

第八章 奴籍街区

摔出"炮弹",身子紧跟着一个纵跃,向"棕熊"正面袭去。他本以为"棕熊"被阻,他出手正好攻其不备。岂料"棕熊"一抬手,发出神力,竟然一把将摔过来的朋克仔挥出老远。

黄力虎不由得一惊,这一摔之力,加上那朋克仔的重量,足有三百来斤的力量,这"棕熊"一抬手,单臂就将其挥了出去,可见臂力惊人!

正当黄力虎惊愕之际,"棕熊"手中的碎酒瓶快速向黄力虎的眼睛扎来。黄力虎避无可避,伸出左手就要去接他的来势。对手来势凶猛,如排山倒海之势。

"棕熊"面露得色,凭自己的臂力,黄力虎根本不可能接得住。

凯琳眉眼微微一动,她也看出这大个头力量惊人,加上手持锐器,只怕眼前这小子要栽。

电光石火间,黄力虎大喝一声,竟牢牢抓住了"棕熊"刺来的碎酒瓶。"棕熊"用力猛推,那碎酒瓶却纹丝不动,他脸上悚然一惊,这黄力虎的手掌由精密钢铁铸成。

黄力虎沉声道:"我最烦打架用酒瓶的人,太没素养。"

凯琳松了一口气,她终于看出黄力虎左臂有异,是灌注了能量的机械臂。

黄力虎一把捏碎手中的酒瓶,玻璃碴儿飞溅,"棕熊"本能地侧头躲避。当他再度睁眼时,他看见的是一个闪着光芒的拳头,然后就再也听不见任何声音了。

"打架王"的名头,真不是吹的。

黄力虎缓缓出了一口气,走到凯琳身边,用衣服盖住了左边的机械臂,然后伸出右手贴在胸前,弯腰行了一个绅士礼。

"东博社第九支社'行动长'黄力虎,欢迎'使者'。"

凯琳面露疑色,并不说话,眼前这人的攻击力比刚才那些森林帮混混强得多。这种强大的攻击力,如果是贝利夫人麾下特工局的人,那她可得谨慎应对。

只听黄力虎继续道:"是车永昼派我来的。"

车永昼是东博社目前的负责人,是被通缉的东博社骨干成员,是东博社的理论缔造者,被称为东博社的"布道长"。

听到车永昼的名字,凯琳握紧了拳头,她无法分辨来人是敌是友。用假身份钓出真目标,这是未来特工局惯用的伎俩。

黄力虎察觉到了她的敌意,这种戒备让他确信自己没有找错人。于是黄力虎说出了接头暗号,那代表着他的身份。

"盗我火种。"

盗火的普罗米修斯,牺牲自己,拯救世人。火,代表黄力虎身处的组织职位,行动长。

凯琳终于展开了紧锁的眉头,她说出了代表自己身份的四字暗号。

"重启世界。"

第九章

绝对正义

未来特工局的权要贝利夫人走在长长的国会大道上。她没有给武烈太多时间,因为她赶着去参加国寅总统的办公会。

总统府悬浮于一处云顶之上,是一座可以移动的巨大飞行机械宫殿。

贝利夫人和其他来参会的政要一起,毕恭毕敬地走完国会大道,然后在国会广场中心站立,接受警备局的安检。确认无误后,空中那巨大的飞行宫殿会向地面投射传送绿光,政要们在绿光中感受腾云驾雾,随后进入到飞行宫殿内部。

第一次见到总统府的人,都会觉得这个飞行宫殿就像一只巨大的螃蟹,在天空中横行。国寅总统和联盟国政府要员,都在这只巨大的螃蟹的肚子里办公。

传送绿光的尽头是一个宽敞的站台,站台后面矗立着一道两米来高的钢铁门。钢铁门打开,贝利夫人等二十人鱼贯而入,来到一条狭窄的甬道。甬道两侧是单向玻璃，而甬道尽头极其宽阔，是总统府的正殿楼心，整体色调呈机械灰色，四壁悬有各式古典画作。

总统府的正殿挑高足有十层楼高，而国寅总统的办公室则在这宫殿的顶端，睥睨众生。

贝利夫人抬起头，感觉到强大的权威和严肃的氛围带来的一种压迫感。

贝利夫人和同行的政要们，皆是国寅总统的心腹。虽然贝利夫人并不是未来特工局的局长，但是国寅总统授予她在反恐行动中直接向自己汇报的权力，在紧急时刻，贝利夫人甚至可以驱使一部分军警。

未来特工局的局长已经老了，两个副局长为了局长的宝座正争斗得不可开交，国寅总统迟迟没有向国会提议局长人选，据说就是在为贝利夫人铺路。贝利夫人需要取得更亮眼的功绩，才能一举打败之前担任副职的人，成为未来特工局的掌舵者。

国寅总统很倚重贝利夫人。在国寅总统的任上，他一共发动了七次海外战争，每一次战争都能开疆拓土。

发动战争是需要国会通过的，代表民意的议员或者反对党会强烈反对国寅，认为战争伤害和平，劳民伤财。面对这些指责，国寅找到一条捷径，那就是先将"从事恐怖活动袭击"的帽子扣到对方国家头上，这样发动战争不仅能顺利通过国会决议，还能

第九章 绝对正义

凝聚起民众的拥戴之心。贝利夫人麾下的未来特工局探员则会竭尽全力搜集证据，为国会通过决议提供有力支撑。

贝利夫人每一次都没有让国寅总统失望，她麾下的特工局探员不仅能准确无误地查获敌国对联盟国本土进行破坏袭击的证据，还能准确地在海外对目标进行锁定。

联盟国发动的战争，是一场又一场的掠夺。就像国寅总统在演说中提到的那样，地球的资源已经越来越稀缺，只有把有限的资源集中到最具智慧的一群人手中，才能保证地球的有序运行，而联盟国是地球当前最民主自由的国家，国寅总统自诩是世界各族共推的领袖。

国寅总统的发迹史，其实比较简单。过去一段时间，随着地球资源逐渐匮乏，联盟国出现了一系列社会问题，抗议、内乱、争夺、通货膨胀、居高不下的犯罪率……就好比一座四处漏风的房子。国寅所在的政党站了出来，通过一系列举措，把四处漏风的墙糊好了，特别是AI审判长的设计，解决了居高不下的犯罪率，而奴籍的划分，又确保了权贵阶层的财富受到最大程度的保护。

连续两届大选，国寅都打败了对手。虽然在野的反对党不断抨击他那浮夸随意的施政，可是他依然拥有多数权贵阶层的支持，国寅这样的总统，仿佛就是为了捍卫既有利益格局而生。

不过这一次，国寅感受到了巨大的压力——这种压力来自他的反对者，文森。

贝利夫人在总统办公会的一个小时后才见到国寅总统，而在这之前，她需要参加一场法案的闭门讨论会。

除了国寅总统的心腹，今天总统办公会还召集了各院要员和各路议员，讨论通过一项关于"增设军警机动部门用以支援海外反恐行动"的法案。国寅总统没有出席，而是让他的秘书代表他听取讨论。

在讨论会上，反对党文森的拥护者朝国寅的秘书扔出了自己的皮鞋。文森通过远程视频观看了这场闹剧，脸上带着默许的笑容。

文森是个温文尔雅的男子，和多数政客一样，他戴着金丝边眼镜，喜欢穿白色衬衫和夹克外套。他有着欧洲裔的血统，高鼻梁、窄脸、窄额头，白皙的皮肤，略卷的头发。年近五十的他依然保持着旺盛的精力。

文森叼着烟斗，观看了他的党内代表用鞋向总统秘书投票。

打狗还要看主人！当时，在场的其他人都惊呆了。虽然在两院议会里各党派常常吵得不可开交，情绪激动之下也会抓扯掐架，但是在飞行宫殿里直接袭击总统的代言人——这可构成藐视国家权威的行为，是要被处以重罪的。

作为国寅总统的坚决捍卫者，贝利夫人当场就站了起来，她盯着远程屏幕后的文森，用眼神警告他，玩过火了。文森一摊

第九章 绝对正义

手,他是法学大咖出身,他强调,当总统没有出席时,在讨论会上的任何反对言行都是可以得到豁免的。

文森在屏幕里说:"我们已经表达了意见,如果总统府一意孤行,可以再提交两院议会表决。"说完,他就下线了。

讨论会草草收场,与会的所有人都看得明白,文森敢如此摊牌,有恃无恐,是因为他已有不少底气。

他和国寅之间,就要见分晓了。在这之前,他不会同意通过任何有助于国寅培植嫡系军警队伍的计划,以防生变。

在座的人都知道,在东博社的问题上,国寅总统实施了强有力的弹压,效果却适得其反,因此,很多邦州的重要人物对更为温和的文森传递了善意。

文森和国寅最主要的分歧在于,频发的暴恐袭击,到底是内在国家制度出了问题,还是外来问题。文森和东博社的主张基本一致,认为正是一些不合理的国家制度导致了社会矛盾激化。

国寅赢得选票的基础是高举保卫国家、打击暴恐活动的大旗,可是如果文森直接击溃这一基础,让众人意识到正是国寅自己的倒行逆施,导致了混乱和失序,选票的结果肯定会反转——因为混乱是所有既得利益阶层最担心的事。

成熟的政客都能一招抓住关键。东博社现在被国寅定性为恐怖组织,这也是他对抗文森的一招,谁给恐怖组织站台,谁就是公民的敌人,更不要说什么赢得选票了。

资政院院首在办公室里给国寅汇报了最新的民调结果，国寅处于劣势。如果东博社这个案件处理不好，国寅恐怕要丢失许多支持他的权贵的选票。

国寅在他那间光线充足的宽敞的办公室里，召见了等候多时的贝利夫人。

贝利夫人进去的时候，国寅正靠在绵软的头等皮转椅上，背对着她。光线从天地窗射进来，勾勒出这个亚裔高个子领袖的轮廓。这个掌管着联盟国的总统，经常在社交媒体中展现自己的容貌，实际上，他比投射影像里显示的更为高大。他不说话的时候气场足够强大，而他放松下来的时候，又显得平易近人。

他摸着自己的小胡子，对贝利夫人说的第一句话是："我们还有多少时间会被清算？"

贝利夫人被问得愣住了。

她看见国寅总统转动座椅，缓缓转了过来。窗外云层厚重，云层中射出一道光，把国寅总统的轮廓雕成了逆光的剪影。

贝利夫人重复了一遍国寅总统用的词："清算？"

国寅总统沉着脸道："文森这家伙，有着司法院的支持。"

根据联盟国宪法，司法院拥有追查一切行政官员腐败的权力。

贝利夫人道："那又如何？"

"如果他当选了，你知道会是什么后果吗？"

第九章 绝对正义

贝利夫人一耸肩，说："你担心他会操纵司法院？难道你自己都不相信AI审判长的绝对公正吗？"

国寅总统缓缓道："这个世界上，有绝对的公正吗？"

贝利夫人道："AI审判长排除了法律可能存在的一切不确定性，排除了一切人为因素的干扰，这样的公正还不够绝对吗？"

"这很难说啊，谁知道文森这疯狗会做出什么。"

"大审判日就要到了。"贝利夫人低头看了看自己的腕表。

国寅总统从抽屉里拿出一个播放盒，他轻轻敲了敲盒面，然后滑给办公桌那一头的贝利夫人。

播放盒发出蓝光，射到墙上，出现了很长的内容。贝利夫人抬头扫了一眼，跳过其他内容，直奔重点。

只见在资料末尾写着：证据不足。

不用细看，贝利夫人已经知道这是何物。

这是东博社涉嫌暴恐犯罪的初审结论。

贝利夫人问："这是初审结论？"

国寅总统说道："是的。"

贝利夫人道："我们所有的证据都提交AI审判长了。"

"可是，"国寅总统顿了一顿，"AI审判长根据输入的证据，给出了这四个字的结论！"

国寅总统要在大审判日对东博社进行宣判，这对于大选来说，有着至关重要的意义。东博社如果被定性为恐怖分子团伙，那么国寅将变成竭力维护国家安定的英雄，获得更多民意支持就变得顺理成章。而暗中支持、同情东博社的反对党党首文森，将被扣上支持恐怖分子的帽子，那文森还想上什么位？！

东博社已经激起了许多人对AI审判长以及奴籍制度的抵触，这对国寅来说，大大不利。而坐实东博社是有组织、有计划、有纲领的恐怖分子团伙，这实在是釜底抽薪的一招。

为了保证计划万无一失，国寅提前让人将贝利夫人及未来特工局调查到的证据材料提交给AI审判长，想先行知道一个初审结果，以免在大审判日出现纰漏。

大审判日对于国寅总统来说，是人生最大的舞台，多彩排两次总归没有错。

被称作AI审判长的AI法官坐落在司法院内，高达三层楼，是一个巨大的黄金天秤座星座形象，威严、高大、夺目，展现着强烈的图腾之力，令人叹为观止。

在大部分国家开始消亡之前，地球上曾有一个充满创作力和想象力的东亚国家，这个国家培育了众多出色的漫画家，一位漫画家创作了一部关于雅典娜女神和十二星座的漫画，一度风靡全球。国寅总统就是源自这个国家的大族裔，他设计的AI审判长，采用了这位漫画家创设的"天秤座黄金圣衣"的形象，用以向已经消亡的时代和国家致敬。

天平代表着公平。而在天平的中心位置，是数台超级计算

第九章 绝对正义

机,大数据库连接在天平的两端。

那排除了一切人类情感的超级人工智能审判机器在经过强大的大数据论证、运算之后,给了国寅一个响亮的耳光。

AI审判长是人工智能法官,没有情感,没有思想,它会根据一切客观的证据来对法律案件进行审理。所以,它不会有政治倾向,不会考虑利益得失。它是国寅总统制造设计的,但是,它不会理会自己的制造者现在亟需一个怎样的判决,来实现他的政治目的。

属下呈上初审结论时,国寅总统有些尴尬。这可是他自己设计的啊,他设计这样的审判机器,不就是为了追求绝对的、纯粹的审判吗?

现在这个"绝对公正"差点砸了他自己的脚!

文森借着反对AI审判长,试图溃击国寅的执政基础,偏偏这没有情感的AI法官,不会天然地站在国寅这一边。看来,需要更多更确凿的证据,来坐实东博社是一个有组织、有计划、有纲领的犯罪团伙。

国寅总统把如此重要的任务交给了贝利夫人。

"你就是这样给我答案的?"贝利夫人不说话了,国寅总统盯着她,"文森如果要清算,你也许不是第一个,但也不会是被漏掉的那一个。"

贝利夫人低头道:"我已经派人在做事了。"

"谁？"

"武烈。"

"你是在敷衍我吗？"国寅总统站了起来，给贝利夫人带来强大的压迫感。

贝利夫人认真地说："除了武烈，我找不出更好的人选。"

国寅看着贝利夫人。这个女人是不是疯了？特工局里就没有一个像样的探员了？

贝利夫人缓缓道："记得有一年，我陪你去阿莫斯山森林里打猎。"

"怎么突然想起这个？"

"我还记得那一天很冷。"

"是的，那天的寒冷我永生难忘。随着全球极端变冷，我们生活的世界已经发生了巨大的变化，所以我必须采取一些特殊手段，来节制和管控已经不多的资源。"

贝利夫人道："那你一定对当时的捕猎情况印象深刻。"

"是的，当时我们盯上了一头狡猾的狼王。"

贝利夫人道："在森林里，特别是寒冷的森林里，人是无论如何也追踪不到狼王的，更何况它还因为周边辐射影响，产生了一些变异的超能力。"

"你说得没错。造物主给了人类智慧，也就公平地给予了万物生存的技能。"

第九章 绝对正义

贝利夫人又道:"我记得你放了好几枪。"

国寅笑了笑,道:"那头狼王发火的时候,浑身上下都带着火焰和闪电。"

"粒子枪对它没用,"贝利夫人一耸肩,接着说,"那头异能狼王太厉害了,它意识到你打不中它,于是掉转了头,要来攻击你。它还很敏捷,能闪避我们的子弹。"

国寅叹了口气,道:"是的,虽然当时我年轻力壮,可我依然被它迅猛的扑袭吓了一跳。"

事实上,当时国寅被吓得不轻,枪都掉到了地上。

贝利夫人道:"你记得我是怎么击退它的吗?"

国寅沉吟半晌,这怎么可能忘记呢?

贝利夫人继续道:"当时我有一头爱犬,是一头雪地猎犬,叫'雪狮子',它扑了上去,和狼王咬到了一处。"

国寅道:"对,它缠住了狼王,它们一起燃烧起来。"

贝利夫人微笑道:"普通的猎犬无论如何也斗不过一头有异能的狼王。"

国寅道:"是的,完全没有这样的可能。"

"可我的猎犬还是扑了上去,因为它知道自己的使命就是保护你。"

国寅道:"真是一头忠诚的猎犬,它这样做,其实有些自不量力。"

贝利夫人神色凝重道："可是，当这头狼王被'雪狮子'钉住，它就再也无法像之前那样迅捷地闪避，只能在地上与'雪狮子'缠绕、撕咬。"

国寅已经明白贝利夫人要说什么，他兴奋道："是的，当时我拔出了佩剑，将两只缠绕的畜生穿成了串！"

贝利夫人沉默了片刻，她看着国寅，这个她竭尽全力辅佐的领袖。良久，贝利夫人缓缓道："现在你知道了，武烈就是我们眼下需要的猎犬。"

国寅摸着自己的小胡子，重重坐回了椅子，他已经知道贝利夫人的用意了。

贝利夫人问："截至目前，你让AI机器人代替罗斯，维持交通院的正常工作……"

罗斯是文森的"头马"，又掌握着重要的交通院。罗斯已经被杀了，可是，国寅和文森似乎都有意捂住了消息。双方都在等待，一个有利的发布时机。

国寅道："我发现一个问题，只要使用AI机器人，就能扮演罗斯，看来离人类被取代不远了。你猜，是什么人杀了罗斯？"

"我不好猜，你知道的，我只相信调查。你打算什么时候公布罗斯死亡的消息？"

"这个时候太敏感了，我不确定这件事会带来多大的连锁反应。文森应该也一样。"国寅道，"所以，我在等。"

第九章 绝对正义

贝利夫人道:"等我查清凶手?"

国寅道:"不,我在等一个绝佳的时机。"

贝利夫人问:"什么样的时机才是绝佳?"

国寅笑了,道:"当你的猎犬已经缠住狼王的时候。"

国寅翻开档案,武烈的资料赫然在目,他用手指轻轻掸了掸档案袋上的灰,对贝利夫人说道:"我不管你用什么方法,东博社这个案子,一定要成为铁案!"

第十章

调查文书

交通院应该是十二院里最强势的机构，它管辖着五维空间里所有的交通设施，院首罗斯一向是众星捧月的对象。

现在武烈盯上了交通院。交通院院首的秘书凯琳，居然和韩奎有过秘密联系。这会不会是一场里应外合的恐怖渗透？

他随便一打听，就知道凯琳是罗斯跟前的红人。武烈再浑，起码的规矩还是要讲，不可能招呼都不打，手续都不办，直接上门传唤凯琳。要知道，在国寅总统设计的新罗马法时代之下，法律程序至上。

所以，武烈走了半天手续，才向特工局申请到了一份调查令。使用特工局的正式调查令，必须由两人同行。也就是说，特工局的法律监管部门必须为武烈指派一名宣读官。

听到要和武烈一起出门宣告文书，法律监管处的处长亨利感觉自己脑袋都大了。

第十章 调查文书

亨利是英裔，和特工局局长有着沾亲带故的关系，因此才得以在法律监管处混上一把手。亨利熟知法律程序，一切按部就班，绝对不允许有违反程序的执法活动发生。他必须给武烈指派宣读官，但他手下的探员各种推诿，议论纷纷。

"和武烈出门，准没好事！"

"开玩笑，去交通院送调查令？你知道交通院院首罗斯是何许人吗？"

"罗斯，政商两界的大佬人物，背后网罗的议员一大堆，总统和文森都想拉拢他。去查他的女秘书，疯了吗？"

"查没查实都会打罗斯的脸，这个梁子，还是让武烈去结吧，反正他是贝利夫人的临时工。"

亨利皱起了眉头，武烈太出名了，这事太棘手了。只要是熟悉武烈的人，都不会愿意和他一起执法。

亨利不止一次想动用手上的监督权力，迫使贝利夫人解聘武烈，可是面对贝利夫人的强大气场和她在特工局的傲人资历，他又每每气短。

亨利和幕僚商量了一下，得出结论："既然大家都了解武烈，那就找一个不了解武烈又没有后台的新人，陪他去。"

于是这个艰难而光荣的任务，就落到了一名新来的女探员头上。

这名女探员刚从首都大学毕业，看起来比武烈的女儿大不了多少，短发，脸上有些小雀斑，很是青涩。这姑娘是亚裔，名叫孙智孝。

亨利征求武烈的意见："你觉得怎么样？"

武烈像在超级市场挑鸡挑鸭一样，扫了一眼眼前的新探员，露出一副无奈的表情。

他心里其实对这个搭档挺满意。挑选这个新探员的好处在于，她不会给他添乱。这种刚入行什么都不懂的小年轻，只要用拳头吓吓她，假小子，别说话，办案你不懂，在一旁凑个数，证明是两人同行执法，出示调查令符合法律程序就行。

孙智孝明显对武烈的同意态度不满，她大学攻读的是犯罪心理学，她能读取到武烈对她的轻蔑。

她说："可以一个人去。"

武烈瞪大了眼睛："如果可以，我正是这样打算的。"

孙智孝又道："根据法案条例352A，在紧急情况下，探员可以一人行使紧急调查权。"

武烈转头用眼神征求亨利的意见。亨利补充道："法律规定的是警司以上的探员。"

"我是刚刚定级的警司。"孙智孝指了指武烈的肩膀，"而你连警员都不是，你可以在外面等我，我会查清案件，给你通报情况。"

她顿了一顿，继续说道："当然，你也可以在一旁凑个数，

第十章 调查文书

证明是两人同行执法，出示调查令符合法律程序就行。"

这正是武烈内心的话！

老好人亨利一耸肩，打了个圆场："哈哈，老弟，你现在知道孙智孝是多么难得的帮手了，她熟知法律，又幽默风趣。"

孙智孝抓起工位上的风衣和调查令文书，率先走了出去。她回头向武烈示意，还站着干什么："根据法案212C，调查令的签发时效，只有6个小时。"

走吧，临时探员。

武烈差点背过气去，这孙智孝的气场像领队，而不是跟班。

就在贝利夫人和国寅总统讨论猎犬问题的时候，新晋警司孙智孝已经带着"狼狗"武烈和调查令，大刺刺地走向交通院了。

交通院的建筑是十二院里最豪华的，堪称人类建筑历史的博物馆。在交通院内部，可以看到各个时期的建筑美学风格。

接待武烈和孙智孝的，是交通院保卫部理事章一丁。保卫部的楼栋是一座哥特风的教堂式建筑。

章一丁和特工局打过很多次交道了，熟悉协助特工局调查的整套流程。他告知武烈，凯琳休假了，履行了正常休假手续。

休假？这可真是巧。武烈心想。

孙智孝询问对方："在整个交通院里，最后一个见到凯琳的是谁？"

"这还用说，当然是院首罗斯。凯琳每天都管理着罗斯的日程安排,也服务着罗斯的生活。"章一丁说这话的时候,毫不掩饰自己的艳羡神情,"凯琳是倾国美女,能不心动的男人,估计很少。"

章一丁很不礼貌地打量了一下孙智孝,孙智孝用目光顶了回去。为缓解尴尬,她又询问了凯琳的日常言行、思想立场,以及对当前执政者的看法等,试图了解凯琳是否有藐视国家权威的思想,或者反社会的人格。

武烈听得有些不耐烦,这姑娘果然是新人,问的都是些不着边的学院派套路。他脑子里冒出一个疑问,那天通知他未来号可能遇袭的电话,到底是谁打的?这人怎么知道韩奎要实施倾覆列车的犯罪活动?

能接触到未来号图纸的,一定是交通院的高层,包括凯琳。对于这场诡异的列车袭击,武烈其实有过诸多猜测,但凯琳的颜值过于引人注目,男人内心深处不大愿意先推断她是作恶多端的坏人。

武烈想,该死,乔信惠怎么还没帮我查到那通匿名报案电话的拨打者?以乔信惠的手段,不会这么久都追踪不到,这可真是奇了怪了。

武烈起身在咖啡机器人处要了一杯咖啡,他看着杯中的液体,轻轻晃动杯子,打断了孙智孝没完没了的询问:"凯琳和罗斯看来很亲密啊!"

第十章 调查文书

章一丁笑了起来，带着一些暧昧的意味。这在联盟国高级官员内部，不是很正常吗？

孙智孝瞪了武烈一眼，这和案件有什么相关？

武烈道："如果我没猜错，凯琳最后一次出现在你们交通院，应该是在晚上。"

章一丁回想了一下，说："是的。"

"既然罗斯是最后一个见到她的人，"武烈转过身，把咖啡放到桌上，用手敲着桌面，"我想见一下罗斯。"

章一丁愣了一下："对不起，院首很忙。"他的表情仿佛在告诉孙智孝和武烈，院首是什么级别的大人物，你们两个菜鸟在开什么玩笑？

武烈已经从他的神情里读出异常，有传言说罗斯已经很久没露面了。他示意孙智孝，孙智孝把调查令文书啪地拍到了桌上："现在可以了吗？"

"我得先打个电话。"

电话层层请示上去，很快得到了回应，罗斯的临时事务长请示过罗斯本人之后，同意武烈二人去院首办公室外见他。

传言有误？

"请吧。"章一丁带着武烈和孙智孝，走出了保卫部大楼，登上了一辆摆渡车，他们将穿过金字塔沙漠景观、后现代工业风建筑群，然后抵达院首所在的五维立体大厦。

摆渡车也是极速悬浮式的,片刻就能抵达目的地。

路上,武烈问章一丁:"听说院首大人已经很久没露面了。"

章一丁道:"这个我也不清楚,院内一切如常。"

"一切如常是指?"

"院首大人待在自己的办公区域,几个月不出来,并不会影响交通院的运作,所有的指令流转都和往常一样。"章一丁说道。

武烈问:"待在办公区域不出来?就像……"

章一丁道:"就像古老的中国有一种修行,叫'闭关'。"

武烈又问:"闭关?那他吃喝拉撒怎么办?"

章一丁笑了:"底层的生活环境会限制我们的想象,你知道权贵的日常是怎样的吗?"

武烈被他冷不丁的问话问得愣住了。

章一丁继续说:"像院首这样的大人物,别说我一个理事级的中层职员了,就是交通院的高级职员,也不可能随时能见到他,就更别说窥视他的日常了。"他接着道,"没人敢打听院首的行踪,他把自己关在办公室里,并不是罕见的事。"

"以前也有过?"孙智孝试探着问道。

章一丁道:"很常见。我没有进过他的办公室,可是我听事务长说过,他的办公室就是一个小世界。"

孙智孝有些好奇:"小世界?"

武烈道:"就是'一应尽有,一应尽全'的意思,对吗?"

第十章 调查文书

章一丁打了个响指，道："他可以在他的办公室里签署文件、发送指令，也可以打高尔夫球、玩赛艇。"

孙智孝瞪大了眼睛："这个国家的资源差距，真是个大问题。"

章一丁道："这位年轻的……女士，你可别这么说，院首能享受的一切，是和他为这个国家做出的贡献相衬的。"

三人谈话间，已经抵达了目的地。

五维大厦是一座巨大的高楼。三人向电梯间走去，章一丁继续介绍，五维大楼根本不是一座物理大楼，人类的建筑学已经超越了过去的物理空间，也就是说，你看到的交通院的办公大楼，根本就不是你眼睛所看见的大小，这个物理的外观，只是它的一个外衣，在这座大楼里面，有着许多空间传送的连接点，也有着许多可以随时折叠和展开的空间。

"对了，刚刚说到院首办公室里的高尔夫球场，就是可以随时展开的空间，他打完球，就可以把这个空间合上。"

武烈和孙智孝对空间技术知之甚少，听闻后均是大为惊叹。

"地球的资源已经越来越少了，院首将'空间宇宙'的概念付诸了实践，打造出了'空间展合'技术，大大解决了人类将要面临的生存环境问题。另外，院首设计出了'星空传送'，只要凭借相同的信号，就能将人传送到任何地方，空间限制被彻底打破，听起来很梦幻，对吧？'星空传送门'已经在测试了，这将是一项很伟大的发明。"

章一丁顿了一顿,接着道:"现在我说,院首就算享受再多东西,也不为过吧?他就是那种……嗯,值得拥有一切的人。"

这交通院里的人都被洗脑了还是怎的?

孙智孝有些反感,道:"据我所知,罗斯在入主交通院之前,一直是战争的鼓动派,还参加过对第三世界国家的战争。他奴役战败国的俘虏,抢掠战败国的女人,要不是国寅总统召他回国,他多半会被暗杀在异国他乡。"

武烈对孙智孝投以赞许的眼神,这姑娘是提前做了功课的。

章一丁一耸肩,引用了一句古话:"人非圣贤,孰能无过。"

孙智孝捏紧拳头,要不是正在当值,她都想揍章一丁几拳,这都什么是非观?

章一丁带着武烈和孙智孝登上了高层电梯。或许是因为孙智孝的顶撞,章一丁心生不悦,他开启电梯,选择以最高速度启动,腾的一下,电梯快速上升,孙智孝身形不稳,下意识抓了一下身旁武烈的胳膊。

武烈问:"怎么?恐高?"

孙智孝道:"启动太快了。"

武烈若有所思道:"我女儿也害怕这种快速上升的事物。"

"你女儿害怕的时候会怎么样?"孙智孝问。

"她会抓住我的手。"武烈的女儿出生在一个雷雨交加的夜

第十章 调查文书

晚,那晚雷声又密又响,婴儿抓着武烈的拇指才能安睡。

想到女儿,武烈心头涌上一阵自责。要是女儿能脱离奴籍就好了。女儿的一生都被自己毁了。

武烈的人生原本不是这样的,他本是最优秀的警察,后来遭遇了不为人知的密事,他代人受过,被判入奴籍。

他随即陷入颓废的状态,产生的连锁反应是女儿对他非常失望,她开始辍学,和不良分子混在一起,小偷小摸,劣迹斑斑,最后在大审判日,也被打入了奴籍。

在监狱里,贝利夫人找上了他,给了他一个机会。贝利夫人动用她的权力,放出了这头凶猛而灵敏的"狼狗",而他要成为贝利夫人的死士。

想到这,武烈捏了捏拳头,他一定要把韩奎背后的人揪出来。他虽然对这个国家没有好感,可是对待暴恐犯罪,他一向嫉恶如仇。

电梯抵达了院首办公室所在的楼层,章一丁很绅士地请二人走出电梯。武烈问:"交通院的绝密层在哪儿?"

章一丁道:"在89层。"

"所有的交通数据都在那儿?"

"是的,有什么问题吗?"

武烈问道:"我听说,除了院首本人的生物密码,没有人能打开绝密层。"

章一丁有些得意，道："那里有这个国家最深的秘密，特别是五维空间的交通设施。"

武烈看了一眼孙智孝，孙智孝当即会意。五维空间的交通设施，当然也包括未来号列车，包括它的轨道图纸和车辆数据。

院首办公室在楼层的最北边，十二个巨大的玻璃隔断像列兵一样排开，直指院首办公室。玻璃隔断从不同角度折射着光线，整条通往院首办公室的路显得魔幻又神圣。

章一丁带领二人来到了院首办公室门口，事务长和警卫都在各自的岗位上，见有访客，起身行礼。

院首办公室的门紧闭着，里面骤然亮起了灯光。

"贝利夫人最近好吗？"罗斯的声音从办公室里传了出来。他的语气很亲切，像和老朋友在打招呼。

事务长率人礼貌地把武烈拦在了办公室门口，说道："先生，就在这里和院首对话吧。"

"不，我要见罗斯的面。"武烈道。

事务长不为所动："先生，您只能在这里和院首对话。"他将"这里"说得很重。

武烈上前一步，道："我要和罗斯见面谈。"

几名机械警卫站了过来。事务长气势增长了一截，道："您的依据是什么？您还不够院首接见的资格。"

武烈皱起了眉头，他感觉到了异常。这个氛围太奇怪了。他

第十章 调查文书

外号"狼狗",这可不是贝利夫人给他取的侮辱性外号,这是指他有着超于常人的敏锐直觉。

孙智孝居然和武烈有了默契,她虽然还没明白武烈的用意,但她不知从哪儿生出了对这个邋遢大叔的信任,她来到武烈身旁,出示证件和调查令,朗声道:"根据联盟国侦缉调查法案115D,所有调查询问,都需要当面进行,并确认对方真实身份!"

事务长一挥手,身后的机械警卫"哗啦啦"架起了随身武器,亮堂堂的机械臂上全是速射枪口。

章一丁吓得腿都软了。孙智孝也不退后,拔出配枪,和事务长对峙。反了!调查令代表总统和国会赋予的司法权力,交通院的人居然敢持枪对抗!

武烈显然比孙智孝见过更多这种场面,准备上前揍人。

章一丁拉了拉武烈的袖子:"别这样,我会惹上麻烦的!"

武烈回过头,问:"你知不知道我的外号?"

章一丁被问蒙了,这什么时候了,问这话?"我知道,你叫'狼狗'。"

武烈又问:"那你知不知道为什么?"

章一丁不说话了。

"因为我能嗅出阴谋的味儿!"武烈一捏拳头,说道,"那扇门背后,根本就没有活人的气息,罗斯已经死了!"

第十一章

恶法非法

刚刚在二十九街区和森林帮干完架的黄力虎与凯琳凭借暗号，完成了接头。黄力虎的暗号是"盗取火种"，而凯琳的暗号是"重启世界"。

从位阶来看，凯琳是组织里的使者，而黄力虎虽然攻击力很强，却只是冲锋一线的行动长，他在组织里，是凯琳的下级。

反对党党首文森一再指挥媒体将东博社描述成一个无害的学术青年团体，可国寅坚持认为他们有组织、有计划、有架构，甚至有强大的行动能力，这种行动能力足以实施暴恐犯罪。

国寅和文森的判断，到底谁是对的？

黄力虎是依照布道长车永昼的命令，来接凯琳的。二人脚力很快，迅速穿过了七八个街区，来到一处废旧工厂外。

此时已入夜，废旧工厂气氛诡异。这个工厂以前是提炼石油的，自从地球的石油资源几近耗尽，工厂也逐渐被淘汰。

第十一章 恶法非法

黄力虎领着凯琳穿过了工厂门口的大片空地，在南面一处宽阔的人工湖岸边停了下来。

人工湖是死水，脏得要命。在工厂的鼎盛时期，这片湖水应该是工人们难得的休闲场所。现在，这工厂被废弃，无人打理，就更别说这个人工湖了。

人工湖对面是一座小小的山丘。黄力虎从机械臂里掏出一个小巧的激光电筒，轻轻一摁，一道红色的激光穿过平静的湖面，"嗖"地射向对面的山丘。

凯琳不说话，静静看他手势。只见黄力虎用激光电筒在空中画了几个圈，她知道这是一种暗号图案，她确定自己并不掌握这种暗号，说明她还没有走进车永昼的核心圈子。

山丘那头收到了黄力虎的暗号，远远地闪烁了两下灯光。灯光由远及近，凯琳看见从湖面上驰来一艘无人悬浮艇。

几分钟后，悬浮艇来到了岸边。

黄力虎一伸手："请。"

二人乘着悬浮艇，抵达对岸。

一扇钢铁大门隐藏在山丘的丛林树木之中，悬浮艇从湖面登陆，在陆地攀爬了一阵，准确无误地驰往那隐蔽的钢铁大门。

大门如有感应，开门迎客。凯琳环顾四周，发现丛林之中布满了机械兵器。

这是凯琳第一次来到车永昼的巢穴。车永昼是目前东博社的当家人。她记得自己的哥哥当年和车永昼一同创设了东博社,她哥哥和车永昼是同学。

钢铁大门的背后,是一条长长的甬道,甬道很高,沿着地下河而建,又深又暗,如同进入墓底。

黄力虎道:"这里以前是一个核工基地,后来废弃了。"

凯琳没有说话,皱了皱眉。当年她哥哥创设东博社,是希望东博社能迎着阳光,可现在车永昼领导下的东博社,越发像是见不得光。

甬道很长,一路上,黄力虎想和凯琳搭话,可是他实在找不到什么话题。对于他来说,长年都在用拳头说话,很少用嘴说话。他偷偷打量凯琳,这女人的绝世风姿,真是世间少有。他不由得内心一阵澎湃。

悬浮艇抵达了甬道的尽头,黄力虎率先着陆,他像是故意要在凯琳面前展示自己一般,理了理衣服,吹了声口哨。

蓦地,四周光亮骤起,一排排的年轻人列队向黄力虎行礼。借着光亮,凯琳这才看清了黄力虎的阵仗。原来,甬道尽头是一处地下广场,足足站了约三百个年轻人。

这些年轻人身着灰色麻衣,结实强壮,肤色各异,来自不同种族,但他们有一个共同点:他们的脖子上都有着奴籍标志。这些人或多或少都进行过机械改造,有的像黄力虎一样拥有机械臂。

第十一章 恶法非法

黄力虎一挥手，三百年轻人让出一条道，黄力虎领着凯琳向广场深处走去。

在广场深处的一间石屋里，凯琳终于见到了车永昼。

车永昼的脸色白得吓人，细微的血管都清晰可见。他瘦得像是会被风吹倒，他无力地躺卧在一个破旧的沙发上。

见凯琳来了，车永昼缓缓起身，沙哑的声音响起："你对这场欢迎仪式，还满意吗？"

黄力虎闻声单膝跪地，仿佛听到神谕的信徒。

车永昼抬起头来。他那苍白的脸上，生着一双深邃的眼睛，他的眼睛像是有一种巨大的摄魂力，让人无法与之对视。他的右脸上有一道很深很长的疤痕，从额头直接拉到了嘴巴，疤痕让他的面部右侧变了形，透着一股说不出的诡异。

凯琳没有向车永昼行礼，她直直地站着，说道："我不需要欢迎仪式。"

车永昼披着一件很长的破旧大袄，这地底的气温实在让人生寒。他向前走了几步，步履颤抖，像是大病初愈，又像是病入膏肓，他经过跪拜的黄力虎，却没有看黄力虎一眼。

"可是我们需要。"车永昼轻声道，"有时候，仪式感能凝聚起很强的人心。"

凯琳看着他，问："车永昼，你是不是有些过头了？"

车永昼冷冷地笑了，他笑起来，就像悲剧里的可怕角色。

"一点都不过头。要知道，人类从两河流域苏美尔文明时期开始，就对女神进行崇拜了。"

凯琳被称为东博社的使者，自然也是因为她的绝世容颜。凯琳却不领受车永昼的赞美，直接道："我不是说这个。"

"哦？那你是说什么？"

车永昼怎么可能不知道她指的是什么？她努力控制住自己的情绪，道："大审判日就要到了，我要救我哥！"

凯琳的声音传了出去，传到了外面的广场上。

车永昼那深邃的眼睛看向了石屋之外，那三百多奴籍青年正热血沸腾，仿佛受到了战斗的感召。车永昼脸上闪过一丝不悦，没想到凯琳的哥哥在组织里，依然这么有威望。

车永昼转过头，缓缓道："我们也一样。"

"不！你不一样！"凯琳道。她非常反感车永昼张口闭口就是"我们"，总是代表自己以外的别人。

凯琳的哥哥告诉过她，政客和学者最大的区别在于，政客一张嘴，总是喜欢说"我们"，而学者总是称"自己"。因为"我们"往往表示自己不是孤立的，而是代表了别人，甚至是多数人的意见，而"自己"强调一种特立独行的观点表达。

车永昼道："我比任何人都希望能迎回'先知'，现在的世道，已经崩坏到不能再坏，我们需要他带领我们，推翻'恶法'。"

第十一章 恶法非法

他口中的恶法自然指的是国寅用以统治联盟国的大审判制度。而他口中的先知,指的是凯琳的兄长,也就是曾经与他并肩奋斗,创设了东博社的激进青年,凯撒。

凯撒这个名字,和历史上那位伟大的君主一样,有着强大的号召力和感染力。即便他已经沦为阶下囚,可他的名字依然能让广场上的三百奴籍青年热血沸腾。

车永昼对凯琳打起了感情牌,侃侃而谈自己与凯撒的深厚情谊:"你想知道我和你哥的思想观点吗?当年,我和凯撒都是文森的信众,我们都认为法律可以改变世界。"

"文森?"

"是的,文森。当年的文森是法学界的大咖,在他步入政坛之前,他是人人仰慕的法学家。"车永昼停顿了一下,他的声音低沉下来,自言自语道,"法律到底是什么?"

凯琳看着他,仿佛在他身上看到了哥哥的影子。这两个曾经一同追求正义的青年,多少有些相似的气质。

车永昼继续道:"法律是执政阶层制定的规则,还是人们内心的认同?它的效力来源于何处?我们为什么非要遵守法律?"

凯琳道:"难道不是因为法律背后有着强大的暴力机关保障吗?"

车永昼笑了。这个问题很深,而凯琳明显理解得不够,车永昼想,你要是有你哥哥一半的深邃就好了。不过,对于女神来说，拥有太多的思想，并不是一件好事。

"古典自然法学派的先贤认为，法律的效力源于法律之上的一种看不见、摸不着的'自然法'，这种自然法在不同时期被解释成不同的东西。最开始，希腊人认为自然法是自然法则、价值判断，罗马人则认为其源自理性。"车永昼闭上眼睛，仿佛回到了历史岁月的长河里，他缓缓说道，"到了中世纪，教会认为这种效力源于神谕，主张'人法'和'神法'的二元划分。随后的年月里，现行法律的效力又被视为来自道德准则……现行法律之所以有效，以及人们必须遵守，是因为现行法律符合人们内心的道德观，换言之，如果是不符合道德准则的法律，就不能成为法律。"

凯琳道："你指的是，恶法非法？"

车永昼点头道："是的，恶法非法！反抗恶法并不违法。"

凯琳道："这岂不是浅显得不能再浅显的道理？"

车永昼道："如果这个问题如此浅显，那么几千年前的争论就不会延续到现在。你可听你哥提过，有一种观点认为恶法亦法？"

"我不明白。"

车永昼道："恶法亦法，说的是即便是不符合某些价值判断的法律，只要经过一定的合法程序，被大多数人认可、表决、通过，那么它就能成为法律。"

凯琳道："这岂不是很荒唐？"

第十一章 恶法非法

车永昼道:"并不是。"

"不是?"

"对,从诞生的那一天起,法律就和政治无法分开。先贤卢梭等人认为,人类最初生活在没有国家和法律的自然状态之中,享有自然权利,但由于人性本恶,为了扼制种种不义,人们联合起来,让渡自己的一部分私权,订立契约,成立国家,所以既然国家的公权来自每个人的原生权利,那么每个人都应当遵守这种契约。实证的法,就是这种契约的体现,即便它是'恶法',可它也能体现多数人的意志,能保证社会有序运转。所以,从大局出发,只要是现行法,未经宣告无效,都是有效法。那么,反抗恶法,依然构成现行违法,需要被现行的法律审判。"

"那这种观点岂不是在说,奴籍制度在被宣告无效之前,就是有效的?"凯琳说道。

车永昼道:"奴籍制度是全民公投的产物,不是吗?地球资源已经越来越少,不分类管理,人类社会将走向毁灭。"

凯琳盯着车永昼,道:"哪里有什么全民公投,那不过是政治操纵的产物。这项议题你投票了吗?我怀疑你背叛了当初的誓言。"

车永昼一耸肩,笑道:"我可没有为奴籍制度辩护,我只是告诉你,现在国寅搞的这一套,不过是把'宗教神'变成了'机械神'。"

凯琳道："你刚刚说，中世纪的教会对法进行了二元划分。"

"对，那个时候，教会统治世界，所有人都必须遵守教会的法律，为什么？因为他们宣称教会的规则源于神的'法'！人们崇拜'宗教神'，所有教会制定的不公正的法律，都会得到效力认可。"

凯琳明白了车永昼的意思，道："国寅不过是用AI审判长代替了过去的'宗教神'，搞出了让所有人臣服的人工智能。"

车永昼点头道："所以，凯撒才要正面反抗AI审判长。"

凯琳道："可是我哥现在成了被审判的对象。"

车永昼有些激动，他的衣摆微微抖动，他苍白的脸上泛起了血色，他缓缓道："我没有骗你，我内心深处，比谁都想救他，可是你哥就像一个殉道者一样，他执意要投身火炉，亲身向世人验证恶法非法！"

凯琳不说话了，她内心像被一把大锤击中，她反复琢磨着车永昼这番离谱的说辞。

车永昼道："凯撒是故意被捕的，不是AI审判长在审判他，而是他将在大审判日，代表民意'审判'国寅！"

凯琳只觉得自己的脑袋嗡嗡作响，什么，什么？

"没错，他等的就是这样的机会，他将在大审判日慷慨陈词，让全世界都听到反抗奴籍的声音！国寅的统治基础，将在凯撒的殉道之下，分崩离析！国寅抓捕他，真是蠢猪，他明显低估

第十一章 恶法非法

了凯撒的号召力……"

凯琳感到头皮发麻，车永昼这疯子压根儿就没有想过要救凯撒！

车永昼激动道："只有凯撒殉道，才能成就我们的事业！"

"你们的事业？"

"作为组织的使者，你难道不明白？"

"我没兴趣知道！我来找你是向你要兵，不是来听你的鬼话，我只想救出我哥！"凯琳一挥手，将石屋里的瓶瓶罐罐"哗啦啦"削下来一片。

黄力虎正要起身护住车永昼，车永昼抬手示意不必。车永昼看着凯琳的手，凡人打出这样的速度和力量，真是惊人。

"真不愧是绝色的杀人工具。"

凯琳胸口一阵起伏，她忽然觉得，自己走进了陷阱。她冷静道："车永昼，你说这些，难道没发现自相矛盾吗？"

"哦？"

"凯撒或许是想在大审判日殉道，然而你已经背叛了他！"

"你在说什么，女神？"

凯琳缓缓道："如果要配合凯撒殉道，是不是应该先撤掉国寅控诉凯撒的罪名？"

车永昼道："是的。"

凯琳道："国寅控诉凯撒的罪名，是暴恐犯罪。"

车永昼道:"国寅惯常使用这样的伎俩,把所有反对者都塑造成暴恐分子,从而占据道德和民意的制高点。"

"拯救凯撒的法子,难道不应该是撤掉凯撒的罪行,然后让凯撒和AI审判长展开辩论吗?"

"谁说不是呢?"车永昼似乎明白了凯琳要说什么。

凯琳接着道:"可是你却发号施令,指挥了两起事件,一起是暗杀罗斯,一起是让韩奎去倾覆未来号!"

车永昼不说话了,石屋里的气氛凝结起来。

凯琳压抑住内心的怒火,将所有力量聚集到手心,她恨不得一掌拍死车永昼。

凯琳道:"你对我们说,这些都是为了向当局施压,要求释放凯撒。可是,既然凯撒本来就是寻求一个殉道的机会,公开挑战AI审判长,那么我们做这些,岂不是坐实了凯撒从事暴恐犯罪的证据?"

车永昼阴恻恻地笑了起来,他凑近凯琳的耳朵,压低了声音,以免黄力虎听到,他轻声说道:"凯琳,你真是和你哥一样天真,你知不知道,从暗杀罗斯开始,你就已经中了圈套。"

第十二章

无限防卫

贝利夫人的车正在飞速赶往交通院。

作为未来特工局执掌大权的人,她的悬浮车具备在五维空间里肆意横行的特权。

贝利夫人现在的脸色很不好看,就在几分钟前,她接到了总统办公室的电话,得知了一个非常麻烦的消息。

国寅总统在电话里告诉她:"管好自己的猎犬,别放出去没咬到敌人,反把自己咬了。"

这头猎犬,说的自然是武烈。

此刻的武烈和孙智孝正在交通院里和警卫火并,不,应该说是武烈正在和交通院警卫火并。

武烈撞破了交通院院首办公室那扇门后面的秘密。

如果不是交通院警卫率先开火,武烈应该能压抑住内心的怒意,可是他天生就对搭档有保护欲,哪怕孙智孝看起来像个假小子。

孙智孝出示调查令，她站在一排机械警卫面前，宣读着法律条文，要求核实罗斯本人的身份，进行询问以了解情况。她神情坚毅，衣着庄严，一手持着短小的警用配枪，这支配枪在机械警卫的武器面前显得渺小。

可是在武烈眼里，孙智孝这一刻仿佛就是法律的化身。他不由得对这假小子大为改观。

明知不敌，仍要誓死捍卫法律尊严！

可是罗斯的事务长明显没把这一纸法律文书当作一回事，他挡在二人身前，一挥手，背后的机械警卫亮出一排速射枪口，齐刷刷地指着孙智孝和武烈。事务长还撂下一句话来："要么走，要么死。"

只有走和死两个选项，这就更诡异了，交通院是阎王开的？

武烈一捏拳头，就要上前揍人，他问孙智孝："嘿，科班生，我现在是不是算作正当防卫？"

孙智孝没好气地说："你岂止是正当防卫，武力对抗调查，视为公然袭击特工局，法律授权你可以无限使用暴力。"

"无限使用？"武烈一听，立马就来劲了。

一名装有红外感应器的机械警卫已经感应到武烈散发出来的战意，率先朝二人开了枪。

这是机械警卫基于智能算法的应敌反应。根据程序，感应到极度危险人物，可以率先出手控制场面。

第十二章 无限防卫

武烈大喝一声，扑倒孙智孝，二人向右边滚了过去。三发子弹在地面上开出三个冒烟的孔。

事务长大喊："住手！这里听我的！"

公然朝特工局探员开枪，这事儿闹得有点大，特别是孙智孝手里还有亨利签发的调查令。

事务长喊停了机械警卫的行动，然而武烈可不是挨了打不还手的人。这个恶大叔式的人物，凶横起来，从来只有别人怕他，没有他先尿了住手的。

武烈翻身而起，兔起鹘落，铁拳挥出，借着机械警卫被事务长喊停的瞬间，迅速揍倒几个铁疙瘩。刚刚反应过来正要还手的警卫一抬枪，枪支就被武烈夺了过去。

他拍了拍枪支，他熟悉联盟国的所有枪械，这是可多档切换的一种武器，普通子弹是第一档，对付人类足够了——不管人类科技如何发展，肉体总是挡不住子弹的。

武烈右手一滑，拍了拍枪尾撞击针下方的档位，进行换挡。他扭转枪头，第二档的子弹是带热能的，用于对付有机械臂或者机械武器的敌人。

事务长睁大了眼睛，不妙，这事收不住了！

只见武烈一通扫射，把面前的机械警卫打成了一堆废铁。武烈打得兴起，根本收不住，反正他是正当防卫，反正他可以无限使用暴力，反正他早就对交通院众人高高在上的倨傲不爽到了

105

极点。

罗斯的政治生涯全靠推动战争发迹，他鼓吹战争，趁机发军火财，曾作为战胜国代表常驻国外，在国外他掳掠平民女性，归国后又执掌交通院，建立了他的交通院帝国，他占据了大量空间资源，行诸多政商腐败之事。

武烈将枪口一抬，冲着院首办公室门口那象征着权力的玻璃开枪。随着连续的爆裂声响起，晶莹的玻璃碴儿飞溅，在场的人抱头躲避，整个场面顿时失控。

孙智孝一边躲，一边心想，怪不得大家都不想跟他搭档送文书！

武烈抬起枪口，把整层楼的设施扫射了一个遍。他枪法精准，枪火所到之处，没有一个人类受伤，但是整个奢华的楼层，迅速被打成废墟。

"嗒嗒嗒……嗒嗒嗒……"枪声、子弹抛壳落地声此起彼伏。

也不知打了多久，武烈终于停下来，长长出了一口气。他将了捋掉下来的一缕头发，爽啊，好久没有这么爽过了……

平时在特工局里，虽然有贝利夫人罩着他，但是由于他的奴籍身份，他被限制使用枪支。他很久没有打过这么多子弹了，开枪真是比用拳头打人爽多了。

躲在石柱背后的孙智孝终于回过神来，她大喊："够了！无限防卫只能针对施暴者，打烂无关的东西要赔！"

第十二章 无限防卫

武烈愣在当场："什么？科班生，你说什么？只能对施暴者实施无限防卫？你怎么不早说！"

之前还趾高气扬的交通院事务长从一个角落里颤抖地钻出来，声音发抖地说："好汉，不赔了，不赔了，您从哪儿来请回哪儿去吧。"

孙智孝从地上爬起来，拍了拍身上的灰，她伸手按住武烈手上的枪，枪口很烫。武烈这是玩疯了啊，她本来对武烈适才迅捷出手救她一命之事颇为感激，可是一看这现场的惨烈情况，简直想把他剁碎了喂狗。这里毕竟是交通院，在行政十二院里这样放肆，这可不是她一个小小的探员能负责的。

她有点发怵，武烈却明知故问，把满是汗味儿的头凑了过来："妹子，你怎么啦？"

孙智孝差点背过气去。事闹大了，担责的是我孙智孝，又不是你武烈，我才是带队的探员，你只是一个临时工！

武烈有点不好意思地摸了摸后脑勺，压低声音道："都怪你，怎么不早说清楚。"

孙智孝从兜里掏出调查令，正要开口再次向事务长提出要求。蓦地，她的手僵在了半空，她瞪大了眼睛。

"怎么了？"武烈顺着她的目光看去，只见院首办公室的门被刚刚的一通扫射打得稀烂，威严的大门轰然倒下，那高不可攀的交通院院首办公室，现在一览无余地呈现在众人眼前。

第十三章

星空传送

交通院院首罗斯的办公室堪称魔幻,除了章一丁介绍过的高尔夫球场、摩托艇海水场等折叠空间,还有几个旋转的紫色星云,想必就是交通院目前最大的研究发明——星空传送门。

只要追着一定的信号,星空传送门就能把人传送到宇宙的任何地方。

星空传送门目前正处于测试阶段,罗斯应该是把自己作为第一批试用者之一。

不过,眼下众人并没有心思感叹罗斯办公室里那些魔幻空间作品,所有人的视线都集中在办公桌后面那张老板椅上。

那个庞大的院首宝座已然成为众人的目光焦点。

罗斯的办公室里没有罗斯。

一个炭黑色机器人端坐在院首宝座上,眼睛莹莹发着光。所有罗斯的声音都是这个机器人发出的。

第十三章 星空传送

武烈和孙智孝撞破了交通院的秘密：这段时间，都是这个机器人在对整个联盟国的交通系统发号施令。

孙智孝想不通，偌大的交通院，就没人觉得可疑吗？难道院首长时间不露面，是正常的事吗？

罗斯时常把自己关在办公室里，他的办公室里有可以展合、折叠的空间，也有正在测试的星空传送门，对于他来说，只要走进这间办公室，他的活动空间就是无限的。他可以在这里做任何事，去任何地方，作为掌管五维空间的至高大臣，拥有无限的空间资源，不是很正常的吗？

所以，他可以在办公室里待上很长一段时间不出来，只要政令畅通，就没有任何问题。

是谁用这个机器人冒充的罗斯？罗斯哪里去了？交通院为什么要捂住这个秘密？

孙智孝脑子里转过许多问题，只是任她如何聪明，也绝对想不到，武烈是故意把院首办公室的门打坏的。

武烈的推论很简单：罗斯要是没死，谁敢用一个机器人来冒充他？

武烈持枪小心翼翼地朝那机器人靠近，只要把机器人按住，准能挖出些线索来。

"停止靠近，停止靠近！"机器人发出短促而低沉的声音。

武烈问："黑炭，谁让你来这里的？"

机器人两眼闪动，发出"嗞嗞嗞"的电流声。

"不好！"武烈扑了上去。

这是自毁程序启动了。

武烈终究晚了一步，只见那机器人冒起浓烈的黑烟，抖动了几下，然后停止了一切响动。

孙智孝道："看来是设计了终止程序，如果被人揭穿，机器人就会立刻关机，销毁一切程序，防止被人追查。"

武烈拍了拍脑袋，把思路捋了捋。罗斯的消失和他的猜测是吻合的，随后他想到了一个非常严重的问题：罗斯这样的大人物死了，谁能捂住他的死讯？

交通院做不到，特工局也做不到。能把罗斯的死讯按住的人，在联盟国一府十二院的体制里，地位自然在贝利夫人之上，也肯定在罗斯之上。

这个人会是谁？这可实在不敢猜，也实在不好猜。

一地的玻璃碴儿漫反射着屋外的光，武烈只觉后背一阵阴冷。韩奎的相关信息在他脑中一闪而过，那个给韩奎打电话的人在他脑海里跳了出来——那个有着异域血统的美女，凯琳。

他大胆推理，凯琳杀人盗图，把未来号图纸给了韩奎，韩奎铸造精钢倒卡，意图倾覆未来号列车，这大抵能把案情说通。

那么，犯罪动机是什么？

孙智孝看出了他的想法，一耸肩。总统即将在大审判日审判

第十三章 星空传送

东博社,这个组织的十名要员已经被捕,残余势力的动静未免太大了些,这是要给当局施压,要求放人?

凯琳到底是什么来头?武烈蹲了下来,坐在事务长旁边,他浑身散发着慑人的杀气,这可比什么调查令有用多了。

武烈道:"我问一句,你答一句。"

事务长道:"你要问什么?"

武烈道:"凯琳哪里去了?"

"我不知道。我连院首去哪里了都不知道,怎么会知道他的秘书凯琳?"

这就是在一本正经地胡说八道了。武烈捏了捏拳头,又要动粗,全然不顾对方还没追究他刚才打烂东西的事。

"嘀嘀嘀——"武烈的手机响了,来电人是特工局技术部门的乔信惠。这个孤傲的女人虽时常把"关你什么事"和"关我什么事"挂在嘴边,但她总是能在他需要的时候给予帮助。

乔信惠在电话里提示武烈,已经查到凯琳的身世来历。武烈猜得没错,凯琳就是罗斯当年占领第三世界国家时霸占的一个小姑娘。

凯琳被罗斯带回了联盟国,长大后成为罗斯的助手。不过,出乎武烈意料的是,凯琳有位哥哥,叫凯撒,是东博社的骨干成员之一,已经被捕。

"那个通知你登上未来号的神秘电话,暂时还没追踪到。"

"连你都没有追踪到?"

乔信惠在电话那头叹了口气:"对方使用的可不是一般的保密通信设备,我还需要一些时间。如果对方再打一次电话给你,我或许能捕捉到信号,但是概率也不大,对方使用了掩护设备,每次电话信号只出现三十秒钟左右。"

武烈收了线,看着事务长:"这栋大楼里,是不是只有罗斯才有权限调阅所有监控?"

事务长终于回答上了一个问题:"是的。"

"监控在哪里?"

事务长在胸口画了一个十字架,天,希望你刚才的扫射没有把后台监控的存储终端打爆。

事务长快步走向办公桌,在办公桌后面的指挥终端上一顿操作,他调出一段监控视频,颤抖着写入了一个投影盘。事务长知道,整个交通院里每个角落的动静,都会被院首办公室的终端悄然记录。

武烈挤着眉毛问:"事务长,你不让我们见罗斯,是不是你事先就知道,他根本不在里面?"

此话一出,事务长吓得不轻,他抖得像筛糠,这话该怎么回答才好?

武烈接过投影盘,说:"我也不需要你回答,这么大的秘密,你怎么可能正面回答?不管你怎么回答,只要开口,你背后的人

第十三章 星空传送

都会要了你的命。"

事务长"扑通"一声跪了下去，满头是汗。武烈轻轻按动投影盘，满是枪孔的墙上显现出监控视频影像。罗斯那猥琐的身体裹着凯琳进入了一部特别的电梯，然后抵达了某个楼层，这是哪儿？

事务长辨认出来，这是绝密的89层。

基本上搞清楚了，凯琳和罗斯最后进入的是这个绝密楼层。

武烈和孙智孝倒吸了一口凉气，所有推理都被印证，东博社的恐怖行为伸向了这个国家的交通院院首，凯琳杀人盗图，策划倾覆列车。

他二人对视一眼，不对！这个案件太顺理成章了，只要调取罗斯的后台监控终端，就不存在任何侦查障碍。奇就奇在，这明明是公然挑衅整个国家的行为，那么为什么更高层的大人物要捂住罗斯的死讯？难道这里面还有什么不可告人的秘密？

孙智孝对武烈的莽撞颇有几分责怪，要是没有打碎院首办公室的门就好了，有些窗户纸一旦捅破，里面的阴谋是要跳出来咬人的。

凯琳是杀罗斯的最大嫌疑人，这明显是有人要为她遮掩。能按住罗斯死讯的人，得是联盟国上层多大的政治势力，这股势力和凯琳又是什么关系？

武烈在破案缉凶方面充满天赋，可是一旦搅进政治里，脑子就有点不够用了。他想，这事好像比想象中复杂，是不是应该给贝利夫人说一声？

孙智孝看了武烈一眼，这个莽撞鬼，稍有不慎撞进政治旋涡里，很可能成为牺牲品或者炮灰，别说你女儿的奴籍如何能解脱，我的前途可怎么办？我可是刚刚才定级的警司，未来我还要大展拳脚的啊！

孙智孝的手机响了起来，她立刻站得笔直，像接受命令的士兵。

是贝利夫人打来的。她只说了一句话，就让武烈的精神为之一振。贝利夫人平时各种难伺候，面对大事时，依然是站在真相和法律这边的。

她说："马上逮捕犯罪嫌疑人凯琳。"

"是！"接到命令的孙智孝立刻扫清了一切思想障碍。

"嘀嘀嘀——"武烈的手机也响了起来，他按下耳机，却发现没有声音。

原来，响的不是他的常用手机，而是他的另一部老式的情报手机。

情报手机屏幕上出现了一个号码。这个号码在他脑海中盘旋过很长时间，这正是那个深夜通知他登上未来号的匿名者！

乔信惠一直没能成功追踪到这个号码，没想到对方又打来了。

第十三章 星空传送

这个匿名报案人很重要！为什么对方知道韩奎要倾覆列车？对方手里是不是还有其他重要的证据？

这人一定知道韩奎背后的指使者是谁！

武烈和孙智孝对视一眼，孙智孝立刻呼叫技术部，试图对这个号码实施追踪。

可是，没等武烈接通，电话就挂了。这是什么意思？

"技术部，两秒钟之前，匿名报案人电话再次拨入，能否实施追踪？"孙智孝问。

武烈手握情报手机，出奇地冷静。来不及追踪了，乔信惠说过，对方使用了高级的保密通信设备来掩护信号，被掩护的电话信号每次只出现三十秒钟。这还是电话接通后信号出现的时间，如果电话没有接通，这个时间只会更短。

武烈想，管不了那么多了，一定要搞清楚这人是谁！

"星空传送门是不是能追着信号，把人传送过去？"武烈冲事务长喊道。

"理论上……是、是的。"事务长没明白他的用意，也不敢揣测他又要干什么，毕竟刚才他的举动已经让他饱受惊吓。

然而，五秒钟之后，事务长直接被吓晕了过去。

只见武烈将情报手机扔向星空传送门，然后他拉起孙智孝，跳进了那神秘的紫色星云之中！

第十四章
首犯供词

嫌疑人凯琳目前在哪儿?

凯琳此刻也在与人火并。

和谁?满嘴理论的东博社布道长,车永昼!

此刻,凯琳心中雪亮,这个充满野心的骗子,他一定是和当局高层达成某些协议了。她成为通缉犯,也是计划中的事,车永昼就是要坐实凯撒的罪名。你的妹妹暗杀了交通院院首,参与未来号列车倾覆案,伤害平民,你还能为东博社辩解?

能否坐实东博社从事暴恐犯罪,这恰恰是国寅总统目前最头疼的事,他必须利用AI审判长完成对东博社的审判,才能稳固他的执政基础。

贝利夫人逮捕凯撒等人的行动,有些仓促。这也是逼不得已的。文森操纵媒体支持东博社,发动了强大的舆论攻势,国寅总统招架乏力,然而任由东博社宣扬其理论,只会造成更严重的后

第十四章 首犯供词

果，两害相较取其轻，于是国寅总统兵行险着，让贝利夫人先行逮捕凯撒等人。

然而，具备法律常识的人一看，就能知道当前证据不足。那位绝对公正，不受任何人情世故、政治势力、情感因素影响的AI审判长，也没有偏向他的制造者国寅，给出了"证据不足"的初审结论！

文森的攻势非常强烈，国寅总统比任何人都想将凯撒等十名东博社要员钉死在审判的天平之上。

问题是，车永昼这么做，目的是什么？他为什么要大费周章地给国寅送上一份大礼？

是国寅给了他巨大的利益？不，车永昼不是为了经济利益弯腰的人，否则他也不会有这么多信众。

在东博社内部，除了凯撒，车永昼就是最大的王。

凯琳暂时想不明白这其中的道理，但眼前的麻烦得尽快解决，她不能在这个地方束手就擒。

凯琳率先向车永昼出手，擒贼先擒王，她相信，只要抓住了车永昼，就能保证自己安然离开这个地下基地。她出手很快，只见车永昼突然向后一倒，胸口的衣服已经被划开，身上被切开了一条口子，鲜血迸溅。

凯琳是暗中进行过系统训练的刺客，她没有很强的力量，但她有超绝的速度，一旦锁定目标，她就能迅速出击。

车永昼苍白的脸上惊魂未定,他低估了凯琳的出手速度,他也没有想到凯琳敢向自己出手。

凯琳乘胜追击,她离擒获车永昼只有一步之遥。

"住手!"一只灌注满蓝色能量的机械臂,横在了凯琳面前。行动长黄力虎拦住了她:"对布道长出手,是要受到惩罚的!"

黄力虎的声音传出,广场上的三百青年立刻行动起来。

凯琳脸色大变,她只有一个自救的机会,就是在出其不意之时,将车永昼作为人质。对于凯琳来说,力量不是她的强项,更何况对方人多势众。她就像一柄精致的琉璃剑,锋利、迅疾,能出其不意杀掉对方,不留痕迹,却没有办法和敌人硬碰硬。

黄力虎拦她那一下,已经打乱了她的计划。

她见识过黄力虎的身手,要逼退黄力虎,即便她豁出全力,起码也要三十秒,而那三百青年冲进来,挡在车永昼身前,就算他们不还手,让她逐一杀过去,她也会杀到手软。

黄力虎的机械臂蓝光大盛,他向凯琳挥拳:"得罪了,使者。"

这一拳起码有两百斤的力量,他只是要逼退凯琳。身经百战的黄力虎一眼就能看出彼此的优劣势,凯琳或许比他快,可是凯琳绝对不敢硬接他的拳头。

凯琳身子腾空,闪过黄力虎的拳头,她向前纵跃,再次出手。她手一挥,掷出一物,黄力虎还没看清她掷的是什么,只觉得额头一疼,顿时血流如注。如果不是他反应及时,将头侧了

第十四章 首犯供词

侧,他的一只眼睛已然报销。

黄力虎倒吸了一口凉气,太骇人了,肉眼根本看不清她的速度。然而,"打架王"的经验不是白来的,他不退反进,缩短和凯琳的距离。只要距离拉近,凯琳就没法腾挪纵跃,远程攻击的杀伤力就要打折扣。

凯琳自然知道他的用意,她快速拉开身法,在石屋里窜逃,想寻找机会再次掷出兵器击杀黄力虎。

"来人!来人!"黄力虎站定身子,护住车永昼,大声喊道。石屋外的青年像潮水一样拥了进来。

他的意图很明显,填满屋子,能够最大限度压缩凯琳的腾挪空间,而失去位移空间的刺客,必败无疑。

几个精壮的年轻人围了上来,她没有退路了,只能战死方休!

凯琳一咬牙,拔出一柄短刀,就要大杀四方。蓦地,她有些犹豫,这些年轻人都曾追随自己的哥哥凯撒,他们已经被命运推进了卑微的奴籍,他们相信创建东博社的凯撒,相信他能带领他们摆脱不公平的制度,推翻恶法。

这些鲜活而热血的年轻人,和自己一样,也是命运的弃子,一想到这,她竟然下不了手了!

凯琳脑中闪过一个念头,若是她被车永昼抓住,后果将不堪设想,车永昼和他背后的人,必定以此要挟凯撒,要求他认罪伏法。

首犯供词可是非常重要的证据。

虽说刑事审判强调"重证据,轻口供",可是首犯凯撒认罪伏法,承认自己是暴恐犯罪分子,这远比案件审判结果带来的效果要好得多。

证据确凿,首犯伏法,这不是国寅最想看到的吗?到时候,眼前这些年轻人将永远不得翻身。

文森反对AI审判,他曾提出过一个假设:如果有人人为制造完整的证据链,提交AI审判,是不是就能操纵审判结果?

没想到,反而是国寅把文森的这个假设付诸了实践。国寅要制造一个完整的证据链,提交给AI审判长,最终得到一个有利于他打垮文森的审判结果!

凯琳有些后悔自己上一瞬的迟疑,她握紧了短刀。

可是,这个世界上的事情,往往就是坏在那一瞬间的犹豫。

这个世界上,也买不到后悔药。

当先的四五个年轻人已经抱住了凯琳,将她按倒在地。倒地的凯琳看见车永昼阴恻恻的笑脸。车永昼捧着淌血的胸口,看着凯琳,多么迷人的女神,为什么要打打杀杀,打伤了多可惜。

车永昼笑着想,有了凯撒的认罪,文森的政坛生涯,已经宣告进入尾声。

第十五章

屠龙少年

反对党党首文森戴上了自己的金丝边眼镜。

他的办公室里挂满了他在大学里任教期间获得的各种奖项，从法学教授到政治家，他实现了人生的华丽转身。

文森已经五十岁了，依然保持着旺盛的精力。

他站起来，离开办公桌，在办公室里来回踱着步子。他今天必须做出一个重大的决定，在大选的对弈棋面上，他的对手国寅已经把他逼到了一个非常复杂的局面上。

目前看来，他处于上风，可是他自知，一个重大的"黑天鹅事件"发生了，那就是罗斯的死在一个不恰当的时候被撞破了。

在联盟国的政治棋局里，一个人如何生并不重要，重要的是他该如何死。

罗斯是文森的"头马"，是十二院院首里带头公开支持文森的人，他在交通体系里的重要地位，决定了许多重要选票的走向。一部分权贵的支持，是跟随罗斯才转向了文森。

罗斯被杀了，对于文森来说，这是一个巨大的损失，可是他和国寅出于某些原因，都捂住了罗斯的死讯，甚至两人还达成了一致意见，同意用一个AI机器人来冒充罗斯。

这个原因实在让人摸不着头脑。

大选的天平，会因为罗斯之死被曝光，而出现微妙的变化吗？

文森现在必须谨慎应对，在罗斯死讯曝光这件事上，他要面对的局面，比国寅面对的，复杂得多。

他召集了自己的幕僚来商议对策。

第一个是帮助他操纵舆论的资讯院公共关系处处长权世勋。这家伙追随文森许多年，他的目标是辅佐文森登上总统之位，然后文森兑现承诺，把十二院之一的资讯院院首的位置交给他。

第二个是文森选票团队里最重要的人，咨政委员五克圣基。

第三个是文森议席里的辅佐官金钟仁。

相比于国寅与贝利夫人之间的上下级关系，文森和他的三位幕僚，更像多年好友。

四人在文森的办公室里会谈，围坐在扑克桌旁——在这张扑克桌上，四人经常一起切磋牌技。

不过，今天文森是没有心情切磋的，一点心情也没有。

关于如何应对罗斯的死讯，他目前有几个方案。文森把询问

第十五章 屠龙少年

的目光投向了五克圣基。

"罗斯的死讯被曝光,对我们有一定好处。"五克圣基的主张很简单,"打悲情牌,罗斯是我们阵营的人,我们能争取到更多的同情票。"

权世勋道:"只要阁下同意,我能让罗斯的死讯充满阴谋的气息,一场发布会,就能让对手下不来台,这可是他们高调反恐的结果,现在暗杀都已经伸向最高政府官员了!"

金钟仁摇晃着手里的洋酒杯。"我们或许应该先弄明白,之前为什么要捂住罗斯的死讯。"金钟仁总是能拨开迷雾,找到关键所在。

文森扶了扶眼镜,用低沉的声音道:"金先生不同意。"

金先生?

五克圣基等人有些发怵,这事怎么和金先生扯上关系了?

文森道:"你知道罗斯被杀的那天晚上,参加了个什么饭局吗?"

"听说是交通项目的邀标。"

五克圣基问:"哪个项目?"

文森在桌子上画了几个圈。

"星空传送门?"五克圣基明白了。

文森道:"对,就是星空传送门的邀标研发。"

邀标就是交通院作为发包方,通过一定的法定程序,邀请具有一定资质和实力的企业，来承担交通院项目的开发，然后由交通院拨付资金进行结算。

"星空传送门的作用很大，它背后的利益，更大。"权世勋道，"民众很关心这个项目花落谁家。"

金钟仁道："这项技术，比在太空修建空间站，要有意义得多。"

权世勋道："这应该是联盟国最大的一笔财政预算。"

金钟仁道："它的利益岂止是巨大，简直是一本万利，除了项目发包资金的油水，这些传送门一旦投入使用，谁来运营，谁来维护，谁就掌握了联盟国最大的空间便利。以后再也没有实体交通系统，车、船、飞机、空间站、深地潜航器，什么都不需要了，只需要一个传送门，就能抵达任何地方。"

"但凡垄断就会形成腐败。"权世勋道。

五克圣基道："这么大一块肥肉，究竟花落谁家？罗斯可不是'善男信女'，这个邀标自然有许多权力寻租的空间，他会邀请谁来做这个项目？"

文森道："罗斯既然参加了那个饭局，那么花落谁家自然已经有数。"

金钟仁道："明白。"

"金秘书，你把这些发给大家看下。"文森一抬手，金钟仁从文件堆里抽出了几份资料。

第十五章 屠龙少年

文森简单介绍:"这是当天参加饭局的供应商信息。你们认为,谁能吃下这么大的项目?"

五克圣基和权世勋把资料扫了一遍,他们都是政坛老手,早就练就了一双火眼金睛。两人对视一眼,不对,这些都是"壳"。

没有哪家供应商能吃下这么大的项目!

那么,这些供应商背后是谁?

"金先生!"五克圣基和权世勋异口同声道。

文森用手指戳着自己的太阳穴,意思是:你们现在知道问题有多复杂了吧?

金先生是联盟国最大的资本财阀,他的势力盘根错节,支配着这个国家的诸多领域。而所谓的民主投票的大选,他也具有绝对的话语权。没有他的支持,谁都别想上台。他就是联盟国的幕后舵主。

金钟仁道:"金先生已经介入罗斯生前议定的邀标项目,这就意味着金先生将获得巨大利益。罗斯死后,这些项目的签署和推动必定会搁置,甚至一些死硬派议员会提议对这个项目进行重新审议。为了防止这种变数出现,金先生应该会找到阁下与国寅总统。"

金钟仁说得没错,文森和国寅是在深夜被金先生的电话叫醒的。能深夜叫醒总统的人可不多,金先生的权势可见一斑。

在去往金先生府邸的路上，二人分别收到了当天晚上罗斯被暗杀的消息。

文森和国寅抵达金先生的府邸后，得到了一句简单的命令："项目签署之前，罗斯必须活着。"

金先生的要求向来如此强硬和荒诞，已经死亡的人，怎么能活着？

文森沉声道："可是罗斯已经死了。"他强忍着内心的悲恸，他比任何人都希望罗斯能活过来。

金先生笑道："难道你没听懂我的话？"

文森不说话了。

"我知道，你们会想出办法的。"金先生看向天台外的城市夜景，轻声道，"如果连这个问题都想不出办法，还有什么能力执掌这个国家？"

这个问句像有千斤重，文森感觉自己浑身都在发抖。

国寅和文森达成了共识，用AI机器人来替代罗斯，两人谁也不能打破这个约定。提出这个方案的人是国寅，现阶段不公开罗斯的死讯，对于国寅来说，利大于弊，因为一旦公开，文森这家伙必定会抓住这事不放，痛击国寅的种种政策不公，痛击国寅的"越反越恐"。

失去罗斯的文森，在选票的阵营势力上，已经受到重创。想要扭转逆境，他就必须设法把罗斯的死推到国寅头上。谢天谢

第十五章 屠龙少年

地,罗斯在死前,给了金先生一份大礼。罗斯的死讯成为大选天平上的一个微妙砝码,金先生是不能得罪的。

文森答应这个方案时,内心如同火山爆发。为了资本权贵的既得利益不受影响,用AI机器人来替代一个已经死亡的国家官员,这何其荒诞!这将是人类政治史上最大的丑闻。

返回家中的文森久久不能入睡,他感觉到一种巨大的无力感,虽说对于政坛的荒诞他早已见惯,但今晚他像是被人毒打了一顿。罗斯追随他很长时间,是他通向总统宝座的重要支持者,现在罗斯死了,他却还要忍气吞声!

人怎么活着不重要,重要的是怎么死。其实,人的生死在资本利益面前,都不重要。

"你为什么要转投政坛?"文森想起他的老师,法学界的宿老海德教授曾问过他。文森当年是大学里最年轻的教授,如果不出意外,他将是海德教授的衣钵传承者。

彼时的文森回答:"我想去改变一些事。"

海德教授指着远处的山,问:"你看见了什么?"

文森道:"山。"

"登上这座山,你还能看见什么?"

文森道:"山外有山。"

海德教授闭上眼,点点头,他的弟子文森正值壮年,正是登山的好年纪。"但愿你在登山途中,不要迷路。"

文森希望能改变一些制度，可是直到这天晚上，他才发现不管谁上台都一样，都是资本权贵的天下。

一心想要屠龙的少年最终也会变成恶龙，或者与恶龙为伍。

他用力捏紧了拳头。就算他成功赢得大选，他头上依然凌驾着各种势力。翻过了这座山，还有下一座山，翻过了下一座山，还有连绵不断的山。

文森不禁想，这么漫长的路，到底有没有终点？我还能不能重启这个世界？

我必须要做点什么，必须！

思绪回到现实中，扑克桌上堆满了资料，显示器上出现了各大媒体的新闻，罗斯的死讯像一颗炸弹一样，引爆了舆情。

五克圣基摸着头："现在的情况很明朗，罗斯的死讯已经兜不住了。"

权世勋道："我们是不是会失去金先生的支持？"

文森道："金先生从来没有支持过我们。"

权世勋补充道："应该说，他没有支持过任何人，谁上台，对于他来说都一样。"

文森沉吟半晌："不，我们要做那个不一样的人。"

五克圣基眉毛一挑："不是吧，你要对抗金先生？不行，这个策略是不对的，这会让所有资本势力都倒向国寅那边！"

文森沉声道："有时候，要登上山顶，就必须做出妥协。如

第十五章 屠龙少年

果在半山腰就被拦下来,那什么都做不了。"

"阁下,您的意思是?"金钟仁问。

"罗斯死了,现在撞破这层窗户纸的,不是我们的人。"文森道。

权世勋道:"是的,是贝利夫人的人。"

文森道:"打破约定的人不是我,金先生不会迁怒于我们,但是痛击国寅,现在是最佳时机,用机器人冒充高级官员,掩盖其死亡真相,这么惊天的政治丑闻,现任总统难辞其咎……"

"阁下您是想……"权世勋和五克圣基问道。

文森目光灼灼,道:"向两院议会启动对总统的问责弹劾!别忘了,司法问责委员会的投票权我们手上有一半!"

五克圣基道:"这等于是直接和国寅开战了。"

文森道:"我们什么时候和国寅停战过?"

五克圣基道:"那金先生那边怎么办?"

文森笑了,今天是怎么了,你们三个?一听到这事牵扯金先生,脑子就有些不够用了?不够杀伐果断,就不要来政坛!

"他没有支持过任何人,他只爱自己的钱!"文森顿了一顿,"现在是我们出手的最佳时机。只要做好'降落伞',就能抢滩登陆!"

降落伞指的自然是保护金先生既得利益的方案。

文森告诉自己必须要赢,他非常反感金先生的内幕交易和暗箱操作，但是他必须保护金先生的既得利益，只有这样才能保证自己不会出局。

如果在半山腰就被拦下了，那就什么都做不了。

要想屠龙，就得先变成恶龙。

他推过去几份议员档案，道："五克，我需要你去解决这几个死硬派议员，他们长期盯着金先生不放，这次一定会对交通院项目提起重新审议。这里有他们的喜好和家庭情况，不管用什么方法，让他们闭嘴。"

"不管什么方法？"

"对，不管什么方法。"

文森看向权世勋，权世勋已然意会："我去落实舆论，转移公众对星空传送门项目暗箱操作的关注。"

文森看向金钟仁："你呢？"

金钟仁霍地起身，快速道："明天中午十二点前，把撞破这个丑闻的目击者武烈，带到司法问责委员会作证！"

第十六章
迟来道歉

武烈感觉自己的脑袋像被什么沉重的东西打了一下。

他感觉从后脑到脖子都没了知觉,只有脑门有一股强烈的痛感,那痛感像要冲破头皮,透顶而出。这种感觉就像严重的高原反应。习惯了低海拔地区,突然进入高海拔地区,氧气稀薄会引发人体的种种不适,剧烈的头痛是再正常不过的反应。

武烈想,我这是被星空传送门传送到了哪个高海拔地区?

他在亚达山上大发神威,拯救未来号,行动如常,根本不受亚达山海拔的影响,所以现在这剧烈的头痛让他有点诧异。

这得是多高的海拔?这报案人是在哪里打的电话?星空传送门正处于测试阶段,该不会把他传送到世界之巅了吧?那他怎么回去?

他眼睛一睁,猛地坐了起来。

他发现自己正躺在一间简陋但干净的房间里。

房间约二十平方米，并不大，灰麻色的床单与被套，棉被上有着淡淡的花香味儿。窗帘紧闭，午后的阳光从深蓝色的窗帘下透进屋，窗帘的遮光效果非常好，给人一种安心的感觉。房间里没有太多东西，飘窗上放着一张小小的茶桌，两边各有一个蒲团。

这是谁的房间？孙智孝哪里去了？武烈心想。

床尾正对着一扇门，门外不知是怎样的世界。突然，武烈听见门外响起了脚步声，那脚步声很轻。

他本能地提高了警惕，他轻轻一纵，来到门边，只要对方打开房门，他就能快速出手制服对方。

门开了。

武烈猛地提起一口气，高高举起了手掌。

"你醒了？"一个熟悉的女声传来。

来者逆着光，只见身形轮廓，不见面容。

武烈像是久不见光，眼睛无法睁开。这声音让他浑身一颤，整个人呆住了，如同被雷电击中，他高高举起的手掌也剧烈颤抖起来。

"琳……席琳！"武烈艰难地从喉咙里发出声音。

这是我的家！我居然回到了自己家，我都忘了自己家长什么样了。那个神秘的报案人到底是谁？

"你怎么在这里？"武烈内心的震惊无以复加。

第十六章 迟来道歉

眼前这个清瘦的女人正是武烈的妻子,席琳。她在这个街区的大学任教,是个温柔得体的女人。

至于这样的女人为什么会和武烈这样的混人在一起,这只能说上帝有时候和武烈一样,会喝多。

席琳皱起眉:"什么叫我怎么在这里?你酒还没醒?"

"酒?我喝酒了?"武烈有点分不清眼前的情形到底是做梦还是现实。

门外传来小女孩的声音:"爸爸,我给你做了华夫饼!"

那是他和席琳的女儿,武非。

武烈感到一阵温暖,他很久没有听到女儿叫他爸爸了。自从叛逆的女儿离家出走,他就再也没有听过这个称呼。

席琳冲门外喊:"微波炉里加热三十秒,你爸爸不喜欢冷的华夫饼。"

武烈眼圈一红,他用力抱住了席琳。

"嘿,武烈,有点大力了。"席琳嘴里抱怨道。

门外的小女孩又喊了起来:"我要出去玩了,华夫饼我放在桌上了。"

席琳回应她:"去吧,宝贝,太阳落山前必须回家。今天晚上还要给爸爸过生日!"

武烈感觉自己的声音有些发颤,他终于大声说出了一直埋在心里的话:"对不起!"

席琳疑惑道:"怎么了?你要说什么?"

武烈道:"我想告诉你一件事,就是我和罗宾在加州的任务。"

"加州?"

"是的。"

席琳更疑惑了:"发生了什么事?罗宾不是你在警局里最好的搭档吗?武非很喜欢他,还说要让罗叔叔带她去'星际摩天轮'。"

武烈没有接她的话,自顾自道:"琳,请你接受我的道歉,如果不是我和罗宾撞破了军火交易的内幕,这些事也不会发生……"

席琳看着他:"天,阿烈,你怎么总是能撞见这些?"

武烈道:"或许是因为我的外号叫'狼狗'。"

席琳"扑哧"笑了:"你什么时候又有了这么……贴切的外号。"

武烈道:"我剩下的时间不多了,我是追着一个报案人的信号来的。我必须把我想要说的话告诉你。"

席琳道:"有什么话,我们可以慢慢说,未来日子还很长,不是吗?"

武烈的心像被刀刺中一样,他说:"未来?未来能不能来,我真的一点把握都没有。"

席琳问:"阿烈,你今天是怎么了?"

第十六章 迟来道歉

武烈沉声道:"琳,我和罗宾一起追击一个走私军火的嫌疑人,我们跟了他很久,他背后是一个挺大的网络。"

席琳道:"是的,我知道。"

武烈又道:"当时我是一名警察,我不能眼看着犯罪活动在我的辖区内发生。"

当时武烈是一名警察,后来他成为贝利夫人麾下的临时特工。

席琳的眼睛亮了起来,说道:"你是最优秀的警察,我们都为你骄傲。"

武烈道:"可是后来我们发现这个走私嫌疑人,竟然和国内最大财团的金先生的助理有着联系……"

"谁?"

"你不知道他,他是整个联盟国最大财团的老板,他给自己起了个神秘的名字,叫金先生。"

席琳道:"这可真是个不好听的名字,很俗。"

武烈苦笑道:"这个不好听的名字却拥有巨大的影响力。我们的侦查受到了阻碍,上层认为我们的调查出现了重大乌龙,局长直接停了我和罗宾的职务,要我们向金先生道歉……"

席琳第一次听说这些事,她瞪大了眼睛:"阿烈,你可千万要保护好自己!"

武烈沉声道:"我和罗宾当然不服,当初我们为什么要当警察,难道是为了给这些权贵擦皮鞋吗?"

"你们后来怎么样了?"

武烈道:"我们暗地里对这个线索继续进行调查。我记得那是个深夜,罗宾和我打算抓贼拿赃,结果对方提前收到了风声,做好了充足的应对准备,我们与对方大打出手,对方使用重火力,误伤了平民,最后警长带人赶到,我们扣下了对方交易的货品……"

"那不就结了!真漂亮,你们绝地反击!"席琳兴奋起来。

武烈垂下了头,道:"事情的发展比我们想象的要复杂得多,那批被扣下的货品,根本就不是军火,而是一般药品。"

"可是你说,对方动用了重火力,如果只是一般药品,用得着这么拼命吗?"

"是啊,这也是我们想不通的地方。"武烈摇着头,继续说,"直到警长把一份司法鉴定摆在我们面前,冲我们开枪的三人,都有精神病史和吸食毒品瘾。"

席琳隐隐感觉不对:"我怎么感觉有点像……"

"陷阱,对吗?"

席琳沉重地点点头。

武烈道:"随后,我们因为擅自行动造成平民伤亡,被带走审讯。"

"天……"

第十六章 迟来道歉

"所有的报告都显示,是我和罗宾使用枪支不当,造成平民伤亡。"

席琳道:"怎么会发生这种事!怎么会?"

"我一直以为我们心怀正义,就能维护正义。"武烈的眼睛暗淡下来,"可是现实并不是这样。我和罗宾都是从警察学校毕业的,我们都希望能成为保护民众的英雄。"

席琳抚摸着武烈的脸,道:"我知道的,我为你骄傲。"

武烈叹气道:"我们还是太年轻了,根本不懂这个世道的真相,以为凭着一腔热血,就能成为对抗风暴的少年。"

席琳安慰道:"你已经做得很好了……现在事情解决了吗?你怎么都不告诉我发生了这么多事呢?我无论如何都会支持你的。"

武烈笑了笑:"我也是怕你担心。"

"我只担心你的性子,会和别人动手。"

武烈的笑容僵住了,这话他不知道该怎么接,席琳的担心可真是精准无误。

席琳瞪大了眼睛问:"你真的和人动手了?"

武烈道:"是的。"

"揍了谁?"席琳不问武烈和谁动手,而是问揍了谁,这完全是出于她对丈夫的了解。武烈近身搏斗,很难吃亏,对方基本处于被揍的不对等地位。

"调查罗宾的监察院官员,警局的狗腿子,还有几台武装机器人……"武烈一摊手,"那帮人根本就是串通好的。"

席琳道:"殴打监察官,罪很重!"

武烈有点尴尬。在被贝利夫人钦赐"狼狗"这个外号之前,他被叫作"混世魔头",在他短暂的从警生涯里,他打过很多架,是令黑白两道都头疼的人物。

天不怕地不怕的武烈,最怕席琳生气。

突然,席琳目光有异,她伸手摸了摸武烈的脖子。"这是……"

武烈下意识躲了一下,他的脖子上,有一个奴籍标志。

席琳瞪大了双眼:"这是!"她知道这个标志意味着什么。

"对不起……"武烈握住了席琳伸过来的手,"席琳,你得赶紧离开这里,带女儿搬到别处去。"

席琳怒道:"你什么时候被判入了奴籍?你怎么什么都不告诉我们!"

武烈道:"后来我被捕了。"

席琳大声道:"你知道你被判入奴籍,对武非的未来影响多大吗?你这个混球,为什么总是那么莽撞?"

武烈内心一阵翻涌,他也时常在想,自己要是不那么莽撞、不那么冲动就好了。他渴望维护正义,渴望当一名好警察,可是每当正义无法实现的时候,他只能寄希望于自己的拳头。

第十六章 迟来道歉

古老的法谚说过,拳头就是丛林正义的表达,当司法正义无法实现的时候,丛林正义就要上场。

武烈抓起了席琳的手,大错已经铸成,他愧疚道:"我知道错了,对不起!"

席琳语气软了下来:"怎么办?还有没有办法改变?"

"发生的事,也能改变?"武烈像被雷电击中,兀自喃喃道。

"你怎么了,亲爱的?"席琳有点害怕,武烈的神情像是撞见了鬼。

武烈紧张地看了看表,他用力拉起席琳:"我带你离开,我来试着改变!"

武烈推开房门,一步跨了出去,他的身子已经来到卧室门外,蓦地,一道紫色的光刺痛了他的眼。

这道光很熟悉。

这是他和孙智孝跳入星空传送门时,那团紫色星云散发的光。

武烈回头躲避这道强光,他用力拉席琳,却发现像是拉着千斤巨石,席琳纹丝不动。席琳和他之间,像是隔着一道看不见的透明墙。

这道透明墙以卧室门为界,生生分开了两人。

席琳不停拍打着看不见的透明墙:"武烈,武烈!告诉我发生了什么!"

武烈悲痛欲绝，他终于说出了他不愿意让席琳知道的事："就在我被捕的当日，那帮走私军火的人，对我们家实施了报复……"

席琳道："所以，我出不去了？"

武烈摇头道："不是……"他内心悲恸到了极点，"那是一场蓄意爆炸！"

席琳瞪大了眼睛："那女儿呢？"

"女儿要等到太阳落山才会回来。"

也就是说，女儿因此躲过了一劫。

等等，这不就是今天发生的事吗？席琳脸都白了，这太惊悚了，眼前的武烈怎么知道将要发生的事？

她颤声道："你怎么知道这些？你到底是谁？"

武烈用力捶打那道透明墙，喊道："我也不知道我是谁，从听见女儿的声音开始，我就知道了一切！"

席琳缓缓坐到地上，她明白眼前的事了。眼前的武烈，是回到过去的武烈。虽然席琳不知道武烈为什么会回来，但她终于知道了真相。

武烈知道，一定是星空传送门出了问题，他被传递回了过去的时空之中，他在听见女儿的喊声时就意识到了。

女儿已经长大了，叛逆的她很久没见过父亲了。武非早就不是那个会给父亲加热华夫饼的小女孩了。当他听见武非还是小女

第十六章 迟来道歉

孩的声音时,他就明白自己身处过去的时空。

武烈明白了一切,他要抓紧时间向席琳解释,他想要给她说一声"对不起"。

席琳哭了起来:"以后女儿可怎么办?女儿怎么办?"

如果武烈说的是真的,席琳将在爆炸中结束生命。过去已经发生的事情,真的没法改变吗?

武烈捏紧了拳头,他将战力加满,他的手臂像鼓足了风般膨胀起来,青筋暴现。

挡在他们之间的透明墙,是两个时空的平行隔断。这是这个世纪的人都知道的科学常识。他听未来特工局的高手们说过,当力量和速度达到一定程度,就能把时空隔断撕开一个口子。

武烈也不知道星空传送门为什么会把他传送到这个时空,既然他回来了,那他就要带走席琳。

武烈大喝一声,他出手了!

铁拳威猛无匹,他的拳头曾让整个未来特工局对他刮目相看,现在,他把全身的力量都灌注在拳头之上,希望能打穿时空隔断,把席琳从那个时空拉出来,跟他一起回到现在的时空中。

就在武烈的铁拳接近时空隔断之时,他猛然觉得脚下一空,所有力量荡然无存。

他脚下的紫色星云越变越大。

"不!"武烈绝望地大喊。

他陷了进去，开始快速下坠，像是掉进了宇宙黑洞。他的喊声在宇宙空间里回荡，喊声未落，那扇卧室门已经变成了一个光点。在那遥远的光点处，一阵爆炸的火光乍亮。

飘浮在宇宙空间中的武烈感到脸颊有两道热泪淌过，这是多年来都未曾有过的。硬汉武烈竟然哭了，他捏紧了拳头，可他失重了，失去了力量。

他不知道自己向命运挥拳，是否正确。

他不知道下一次时空交集中再遇到席琳，他该怎么办。

不过，幸好这一次他向她道歉了。

你所见之当下，无非过去之未来。

有些事，当时不做，未来到底能不能来，真是一点把握都没有。

第十七章

悬浮时空

武烈感觉自己像是昏沉沉睡着了。

他想睁开眼睛,但眼皮很沉。他感觉到了自己的知觉,他正拉着孙智孝的手,他正飘浮在时空的悬浮场之中。

他记得自己被尚在测试阶段的星空传送门传送到了一个过去的时空之中。

罗斯虽然是个浑蛋,可是他领衔开发的星空传送门,实实在在打破了人类生活空间的"时"与"空"。

听说这个项目已经进入最后的邀标比价阶段。如果星空传送门能把人传送到任何时空,那么谁掌握了这个项目的主动权,就等于掌握了全人类的过去、现在、未来。

过去是不是能够改变?

过去如果改变,现在和未来是不是也会改变?

人类或许不用再担心资源不足带来的空间局限,只要有了星空传送门，人类能向宇宙的任何地方快速拓展。

武烈之前看过一则新闻，交通院为了拓展一颗行星上的生存空间，派出的工程师在路上就用了许多年。现在好了，只需要发射一个信号站到目标星球去，利用星空传送门就能快速派出修建大军。

"时"和"空"的概念，都会因为这项伟大的工程而改变。

过去，这不过是文艺作品中的想象。现在，它已经接近现实。

只要追踪着一定信号，就能把时空折叠起来，然后通过星空传送门进行传递。

对了，信号。

武烈脑海里闪过那个匿名报案电话，他和孙智孝就是追着这个电话过来的。他承认自己有些鲁莽，但如果他不当机立断，他们很有可能错过找到报案人的机会。

孙智孝是被他拉进星空传送门的，她刚刚被传送到了什么地方，武烈不知道，但现在她和武烈都回到了时空的悬浮场。

武烈拉着孙智孝的手，两人在悬浮场中缓缓下坠。他们的身下，是一片紫色的星云。

武烈的情报手机闪烁着红色的呼吸灯，在星云里显得不甚明显。

"浑蛋，你为什么拉我进来！"孙智孝的声音在武烈耳边响起。

第十七章 悬浮时空

武烈睁开了眼睛，看见孙智孝正瞪着他。她竟然通过意念把声音传给了武烈。

在时空的悬浮场里，产生肢体接触的两个人，可以通过意念传递话语！

武烈歪了下脑袋，孙智孝立刻收到了他的混账话："不好意思，一会儿要宣读文书，需要两人同行。"

孙智孝气得翻白眼："你不知道这是正在测试的产品吗？万一出事了怎么办？"

"我知道。可是，罗斯都敢跳进来，他不也没事？"

"笨蛋，罗斯已经出事了！"

武烈看着孙智孝："罗斯出事又不是因为测试星空传送门。"

"你怎么知道不是？若是罗斯回到过去，擅自改变了历史，造成了他现在命运的终结呢？"

武烈一耸肩："警督，你这就是杞人忧天了，我们现在好好的，不是吗？"

孙智孝是刚刚定级的警司，离高级警衔警督还差好大一截，武烈是在揶揄她。孙智孝用力甩开武烈，两人的意念通话立刻断开。

蓦地，两人听到了其他人的说话声。声音好似来自身下越来越近的星云。

一个男声响起："没错，他等的就是这样的机会，他将在大审判日慷慨陈词，让全世界都听到反抗奴籍的声音！国寅的统治基础，将在凯撒的殉道之下，分崩离析！国寅抓捕他，真是蠢猪，他明显低估了凯撒的号召力……只有凯撒殉道，才能成就我们的事业！"

过了一会儿，一个女声响起："拯救凯撒的法子，难道不应该是撤掉凯撒的罪行，然后让凯撒和AI审判长展开辩论吗？可是你却发号施令，指挥了两起事件，一起是暗杀罗斯，一起是让韩奎去倾覆未来号！你对我们说，这些都是为了向当局施压，要求释放凯撒。可是，既然凯撒本来就是寻求一个殉道的机会，公开挑战AI审判长，那么我们做这些，岂不是坐实了凯撒从事暴恐犯罪的证据？"

凯撒？难道是东博社的创立者凯撒？

特工局逮捕了他，他将在几天后接受审判。

武烈和孙智孝对视一眼，这是东博社内部的重大秘密！有人在搞阴谋，这背后牵扯的是政治角力。

接着，武烈听到星云里传来的男声突然变了音调："凯琳，你真是和你哥一样天真，你知不知道，从暗杀罗斯开始，你就已经中了圈套。"

凯琳？那个报案的女人真的是凯琳？

孙智孝内心一阵起伏，这个案子背后牵扯的势力有点多，这个正在说话的男人构陷了凯撒，他是谁？

第十七章 悬浮时空

这个男人指使凯琳暗杀罗斯,并策动韩奎倾覆未来号列车,目的是坐实凯撒和东博社的罪名。文森支持东博社,反对奴籍和AI审判,这个构陷凯撒的男子,是在帮国寅总统干掉文森!

这个男子背后的人,不用说都能猜得八九不离十。

那通匿名报案电话是凯琳打的,她的目的是什么?寄希望于武烈能对抗这么强大的政治势力?别傻了,武烈现在满脑子都是抓住韩奎背后的指使者,让他女儿武非脱离奴籍。如果指使者是国寅总统或者国寅总统的人,武烈还抓不抓?

孙智孝的长官亨利是个明哲保身的人,他不止一次告诫孙智孝,有些政治事件,还是不要介入为妙。她有些发怵,只怕在星云之下的时空里,即将爆发一场火并。

孙智孝内心戏过了千百场,就在她犹豫要不要跳下去之时,武烈一把拉住了她。他长吸了一口气,将战力沉到足底,使了个千斤坠般的功夫,两人加速向星云中心坠去。

两人肢体一碰,意念通话再次接通。

只听武烈说道:"好了,智孝警督,我们就要撞破大审判日的迷局了,你兴奋不兴奋?"

一头撞进星云里的孙智孝差点气晕过去,这武烈是走到哪儿,就闹腾到哪儿,完全不嫌事大。

"我兴奋个头啊!"

第十八章

天降神兵

和车永昼摊完牌的凯琳面临着巨大危机。

凯琳只有一个机会可以杀掉车永昼,可是车永昼身边有一位忠心耿耿的行动长黄力虎。黄力虎出手阻拦了凯琳,凯琳失去了最佳时机。

倒地的凯琳看见车永昼阴恻恻的笑脸,气得牙关都在打战,她知道自己大势已去。

黄力虎俯下身来,将凯琳反剪双手,掏出了一个电击手铐。手铐铐住凯琳的那一瞬,蓝色的电光迅速传遍了凯琳的全身,电击的刺痛感焚烧着凯琳的每一根神经,她浑身颤抖起来,然后瘫软在地。

向布道长出手,要接受电击惩罚。这是车永昼定下来的规矩。

蓦地,黄力虎看见凯琳的衣服里掉出来一部电子设备。

第十八章 天降神兵

那是一部带有掩护干扰装置的手提电话。

黄力虎细细端详这部手提电话,上面的掩护装置不光可以掩护电话信号,还可以发出干扰波。这个掩护装置发出的干扰波,干扰了车永昼地下基地的安检器,凯琳也因此随身带入了匕首等武器。

黄力虎检查手提电话,发现凯琳刚刚好像打出了一个电话。不过这个电话响了几声,尚未接通,就被地下基地恶劣的信号环境给屏蔽了。

凯琳是要给谁通风报信?

凯琳瞪着黄力虎,黄力虎神情复杂,竟然不敢看她的眼睛。

车永昼走上前来,伸出枯瘦的手,在凯琳脸上轻轻抚摸。凯琳心头涌上一阵恶心。

车永昼沉声道:"希腊女神的壮美,就在于她具有至高无上的牺牲精神,为了拯救世界,她可以奉献自己。"

车永昼的手顺着凯琳的脸,滑向了她的脖子,继续向下滑去。

凯琳被电击之后失去了反抗的力气,她觉得自己就像被一条恶心的蛇缠住了脖子。她用祈求的目光看向黄力虎,这个不久前在二十九街区为了保护她而与森林帮大打出手的汉子,难道此刻已经变得没有半点血性?

黄力虎把头埋得更低了。他的命,是车永昼的,他必须听从布道长的命令。

"哟，这么香艳的场景，我是不是来得不是时候？"蓦地，一个厚重的男声在车永昼头顶响起。

"谁？"车永昼猛地抬头。紧接着，他看见一道紫色强光闪过，他下意识地闭上了双眼。

一股巨大的压迫感，伴随着飓风，从车永昼的头顶罩下来。

"不好！"黄力虎大喊一声，他反应奇快，上前一步，抱住车永昼，就地向前一滚。

电光石火间，黄力虎看清那股力量来自一部老式手机。这部手机像炮弹一般，在车永昼刚才站立的地方砸出一个坑。尘石飞溅，离得近的凯琳急忙侧头闪避。

这从天而降的手机"炮弹"落地精准，就是冲着车永昼来的。

黄力虎大惊，这得是多快的速度，才能把这手机掷出炮弹一样的威力？

只见尘土飞扬之中，出现了两个人影。当先一人身材高大，像铁塔一样站立着，浑身散发着慑人的杀气。

黄力虎护住车永昼，三百青年立刻围了上去，列出一个攻击的阵形，警戒起来。

那当先的大汉从尘土笼罩中踏步走出，道："刚刚是谁说女神就应该奉献，就应该牺牲的？你是不是没看过《圣斗士星

第十八章 天降神兵

矢》,女神身边从来都是有战士的。"

这么不拘一格的开场白,在这个阴森的地下基地里,显得格外清新脱俗。来者自然是未来特工局的孙智孝,和临时探员武烈。

孙智孝看了一眼青年围成的阵形,感觉阵仗有点大,她摸了摸配枪,还有十六发子弹,不知道能放倒几个。

跟着武烈,准没有好事!

武烈大刺刺地走上前,睥睨众生,那气势,像要单挑面前的这些青年。

"智孝警督,非法集会、聚众斗殴、私用刑具、策划暴恐,外加侮辱妇女,该当何罪?"武烈故意问孙智孝。

孙智孝感觉自己被武烈带进坑里了,都被临时"提拔"成警督了,这个时候不能怂。她扬声道:"如经法庭依法定程序审判,数罪并罚,将判处无期徒刑!"

黄力虎等人上前一步,场面顿时剑拔弩张,气势迫人。

孙智孝掏出配枪,继续道:"我是未来特工局警……警司孙智孝,根据联盟国宪法以及刑事法律,对现行违法犯罪行为进行制止,你们可以保持沉默,但你们所说的每一句话,将会成为呈堂证供。我现在命令你们,放弃抵抗,跟我回去投案自首!"

第十九章

报案保护

黄力虎有点蒙,这俩浑人是从哪儿钻出来的?

所谓来者不善,更何况武烈浑身上下都写着"想打架"三个字。

黄力虎在二十九街区打遍无敌手,这还是他第一次感觉到这么强的压迫感。他的机械臂莹莹发着蓝光,这显然是AI自动进入的警戒状态。

种种迹象表明,武烈是个极度危险的人物。

孙智孝又重复了一遍教科书式的法律宣讲,见众人都没有要跟她去投案自首的意思,有点尴尬。

武烈很知趣地替她打圆场:"狂徒,刚刚你们说的,我们都听见了,立刻放弃抵抗!"

他二人确实在星云里听见了车永昼和凯琳的对话,可是车永昼并不知道武烈到底掌握了多少信息。

第十九章 报案保护

车永昼站在三百青年之间,被里三层外三层地围着,他侧着脑袋,一下就想明白了这两人是怎么回事。他二人一定是在悬浮场里,听到了自己和凯琳的对话。

车永昼试探着问:"罗斯的星空传送门测试成功了?"

武烈道:"是的。"

车永昼的声音都变了,充满了杀气:"你们都听见了什么?"

武烈将凯琳从地上扶起来,他拉起电击手铐,一用力,那手铐立时断成两截,脱落在地。

"女士,之前是你报的案?"武烈问。

凯琳点头,她的眼睛清澈明亮。

那通打给武烈的匿名电话,确实来自凯琳。

武烈有些疑惑,为什么是他?不过现在不是谈话的时机,旁边站着一个阴谋家、一个超级高手,还有三百个精壮青年。

孙智孝脑子飞快地转,找到未来号事件的报案人了,也大体听明白东博社车永昼的秘密了,这秘密一定牵扯到国寅总统一派。

这事儿有点大,车永昼出卖了凯撒,把凯撒推到了审判台上;他策划了暴恐犯罪活动,企图坐实东博社的罪名;他还想扣住凯琳,用她来逼迫凯撒认罪伏法——这样一来,支持东博社的文森将陷入极其被动的境地。

国寅总统势必想把文森塑造成一个暗中支持暴恐活动的无良政客,并借大审判日宣判东博社,高调反恐。这样一来,大选前的民意将出现巨大变化，文森很可能将彻底出局。

这根本不是普通的刑事案件！连罗斯这样的大人物的死讯都可以被捂住，这得是多大的势力在后面操作？

武烈这浑人想都没想清楚，就拉着孙智孝跳了下来，报案人是找到了，很多问题也弄清楚了，可是，现在该怎么收场？

车永昼又重复了一遍："你们都听见了什么？"

几百号人围着，车永昼眼里的意图很明显，他要杀人灭口。

孙智孝想，要不还是先安抚他们，先脱身再说。

孙智孝道："你们可以在三天内到执法部门自行投案……"

"我全都听见了！"武烈一声吼，如同晴空霹雳，"我给你两个选择：马上让开一条道，我带这位女士走；或者你找一副电击手铐戴上，跟这位孙警督去特工局自首，我只追究首犯之责！"

孙智孝内心凌乱，看来这架势必要打了。

车永昼气笑了："你是贝利夫人的人？"

武烈道："是。"

"你最好马上滚，你这种层级，有些事还是不要掺和为妙。把人留下，你俩可以走。"

武烈笑了，道："你是不是没搞清楚状况？"

车永昼道："到底是谁没搞清楚状况？"

"我不管你们背后是什么人，作为探员的首要职责，是保护报案人。"武烈捏紧了拳头。

第十九章 报案保护

孙智孝闻之一震,这个恶大叔,居然是个不畏强权的主。

短暂的交流戛然而止,场内气氛越发凝重。

黄力虎上前一步,拉开披风,准备大干一架。遇上这么有血性的对手,真是技痒得很。

凯琳已经没有战斗力了,武烈把她交给孙智孝:"你俩跟着我!"

凯琳和孙智孝两人同时点头,顿时对眼前这个恶大叔充满钦佩。

黄力虎看着武烈,他全身灌满力量,石室里的空气都被他的杀气凝结。

武烈站在原地,像一尊神魔石像,散发着慑人的气息。

两人迅速调整自己的战力,只要一击出手,势必石破天惊。

其他人大气都不敢出,一时之间,只听见此起彼伏的呼吸声。

沉重的气场终有人要率先打破。

只听武烈大喝一声,率先向黄力虎出手,他的拳头像一枚飓风般的炮弹。黄力虎提起拳头,迎着武烈的攻势,也是重重一拳挥了出去。

这两人在出手前,都打量过对方的路数,看得出彼此都是力量型选手。那就简单了,来一场火星撞地球!根本用不着太多花样。

只听一声巨响,武烈和黄力虎的拳头碰撞到了一起,爆发出强烈的冲击波。伴随着巨响,整个地下基地摇了一摇,像被一枚精确制导的武器击中,产生了剧烈震荡。

这一拳之拼,二人明显不分伯仲!

站得靠前的三百青年有几个向后仰倒。车永昼眯起了眼睛,低声道:"'狼狗'武烈?"

他在想,贝利夫人的"狼狗"竟然有这么强大的战斗力?贝利夫人的实力真是不容小觑。

孙智孝只觉得被一股巨大的气浪掀了起来,她伸手护住了怀中的凯琳,自己的后背重重撞在石壁上。她顾不得后背传来的一阵刺痛,目光向场内张望,这一拳之拼,到底谁赢了?

黄力虎被震得后退两步,手臂不住发抖,他盯着武烈,目光难掩惊讶。这是什么来路,竟然徒手和我的机械臂硬碰硬!

武烈面色铁青,上前一步,他以凡人手臂正面硬刚黄力虎的机械臂,五脏六腑已经震伤,但是他从来秉持一个观点:输架不输气势,丢人不丢风格,说什么都要在气场上压住对手。

二人稍稍站定,只觉地下基地里余震不息,泥沙直下,把众人搞得灰头土脸。他二人才刚刚硬碰了一拳,这地下基地就大有要坍塌之势。

孙智孝瞪大了眼睛,武烈的实力竟然如此骇人,这简直是超物种啊,要是二人继续这样火并,估计要把所有人都埋在这个地底下!

第十九章 报案保护

武烈狠狠道："你叫'打架王'？"

黄力虎道："是。"

武烈道："我从来不打架。"

黄力虎道："哦？"

武烈道："但被我咬住的人，从来没有脱身的。"

黄力虎冷哼一声，道："听说被你咬住的人，从来都不会丢。"

武烈道："但是我们是人类，人类不会像狗一样撕咬。"

黄力虎道："是。"

武烈道："所以我们需要一个文明的解决问题的方法。"

黄力虎道："那是什么？"

武烈道："就跟刚刚一样！"

黄力虎一阵热血上涌，道："硬碰硬，拳头对拳头！"

武烈盯着他，道："我是人类，所以我从来不会改造自己的身体。"

黄力虎摸着仍在发烫的机械臂，道："阁下的实力，确实也不需要改装身体。"

武烈道："既然你已经占了便宜，那如果你输了，是不是就要听我的？"

黄力虎愣住，这事他可做不了主。

武烈转头看向车永昼，道："我让他打我三拳。"

孙智孝和凯琳闻言惊呆了，武烈疯了？

武烈道："然后我要带着报案人走。"

车永昼冷笑道："你哪里有讲条件的资格？"

"凭这个！"武烈提起了拳头，"我再拼上几拳，就能把这里弄塌！"

武烈以凡人手臂硬拼黄力虎的机械臂，基本上是没有胜算的。黄力虎的机械臂不会力竭，而像刚刚那样的战力，武烈最多再打出七八拳，就会力竭。

孙智孝道："这么大的动静，特工局的大部队马上就能赶过来。"

孙智孝算是搞明白武烈的用意了，这个基地是车永昼的心血，让他投鼠忌器，也不失为脱身的办法。

武烈回过头，冲孙智孝眨眨眼。看，我的智谋通常……

车永昼沉吟了片刻，吐出几个字："退回来，干掉他。"

黄力虎微微一愣，他退了回来。真是遗憾，不能和这疯子继续斗拳了。

三百青年大喊着，像潮水一样拥了过去。只要武烈不和黄力虎斗拳，就不怕这里会坍塌。三百青年打起人海战术，武烈再强，也总有杀手软的时候。

无毒不丈夫，不够杀伐狠辣，车永昼怎么敢蹚政坛的浑水？

孙智孝握紧了配枪，武烈的智谋通常……成功率极低！

第二十章

孤勇之心

群架开始了。

对于武烈来说,这是一场别开生面的战斗。他虽然好打架,可是从来没想过自己能单挑几百号人。

随着车永昼一声令下,三百青年像潮水一样拥向武烈。

"风!风!风!"呼号声起,三百青年往两边一分,形成一个雁形,猛冲向武烈。

武烈一拳轰出,将当先的一名青年打出老远,不过这并没有影响阵形前进的态势,第二名、第三名青年扑了上来,武烈左躲右闪,将二人揉倒在地,连挥两拳。

拥上来的勇士丝毫没有出现混乱,他们从四面八方纷至沓来,拱向武烈。武烈大喝一声,站定脚步,铁拳如连珠炮般轰出。这些青年的战斗力和黄力虎还差着几个等级,根本无法挨住武烈的拳头。

拥上来的青年像稻草一样被碾倒，然后又一批稻草冲了上来。武烈逐渐被人海淹没，他拳打脚踢，用头撞，用牙咬，用肘击，用膝盖顶，全身上下能用的地方都用了个遍。他放倒了一片敌人，可是敌人仿佛丝毫没有衰竭，立马又拥上来一片。

孙智孝紧紧握住了配枪，她配枪里的子弹不多，她不敢贸然开枪，她必须保证这些子弹能用在最关键的时刻。

那电击手铐对人体杀伤力极大，凯琳调整了很久，才慢慢恢复了些力气。她捏了捏孙智孝的胳膊，孙智孝蓦地感受到了被信任。

孙智孝道："放心，我们是联盟国的执法者，一定会把你安全带走。"

凯琳是必须带走的，她是罗斯遇刺案的嫌疑人，也是未来号列车倾覆案的报案人，她知悉很多内幕，对查明真相起着关键作用。按照法律规定，在审判之前，必须保障凯琳的人身安全，更何况，现在摆明了是车永昼在玩弄法律。

可是说完这句话，孙智孝有点心虚。武烈就算再能打，也有力竭的时候，她也不知道到底是什么给了她胆量，竟然给了凯琳这样的承诺。

或许就是在大学里老师教的，这种胆量，来自对法律的信仰。

执法者，必须有孤勇之心。

老师，什么是孤勇之心？

第二十章 孤勇之心

不畏强权，不畏艰难，不畏人多势众，不为任何利益所动摇，捍卫法律尊严和法律程序，保护线索和真相，不论背后有什么阴谋和势力，都不退缩，这便是执法者应有的孤勇之心！

对于这一点，孙智孝过去理解得并不深，她也不知道是该庆幸还是该遗憾，此刻竟然在武烈这位临时探员身上看到这种孤勇之心。

武烈铁拳横扫，十个、二十个、三十个……青年纷纷被放倒，但他们攻过来的态势，源源不断，武烈明显感觉自己力有不足。一拨又一拨的青年扑过来，他被人海围攻，简直要窒息。

武烈越打越清醒，不行，一旦陷在人海的浪涛之中，就再无还手之力了。他开始以快打快，摆脱缠绕在身边的五名青年，快步绕着石室游走，青年的阵形跟着他变化，像是一群黑压压的雁，追逐着他。

武烈突然立定身形，回过头来，对着"头雁"兜头就是一拳，那"头雁"立即"报销"。

这是下狠手了。

同伴惨败，激起了"雁群"的愤怒，只听有人喊了一声："用武器！"

石室里顿时响起一片兵刃抽动之声，上百柄弯刀同时抽出，声势无比骇人。适才他们拥上来群斗，不曾使用武器，是怕在混战中误伤同伴。此刻发现武烈的实力远超想象，他们也就顾不得这许多了。

反正打下去，同伴也会受伤，不如先乱刀干掉对手。

武烈倒吸了一口凉气，这是要拼命了。他现在特别怀念刚不久在交通院里拿起机械警卫的枪支肆意扫射的快感。

武烈把手臂上的柔壳护腕解下来，缠在拳头之上，这场群架，看来要升级了。他看了一眼角落里的孙智孝和凯琳，她们正关切地看着他，三人目光中是一样的忧心忡忡。这下，能不能活着出去，真是不好说了。

如果说武烈的战斗已经升级，那么文森的战斗才刚刚打响。

就在武烈三人受困之时，文森也没有闲着。

罗斯的死讯已经曝光，文森得先帮金先生设置好降落伞，然后才能腾出手来，全力以赴和国寅较量。他需要有人帮他按住媒体上对金先生插手星空传送门项目的质疑之声，这些声音目前无比汹涌。

帮助他操纵舆论的人，是资讯院公共关系处处长权世勋，此人实在是个很得力的助手。这样的人才，将在文森当选后，晋升成为资讯院院首，这是文森对他这位股肱之臣的许诺。

文森在办公室里来回踱着步子，他的身后是一台一百二十寸的高光离子显示屏电视机。电视上，美丽的主播正在播报并不美丽的新闻："随着罗斯之死的曝光，网络上出现了激烈的讨论。罗斯的死到底真相为何？罗斯既然已经遇害许久，当局为什么要

第二十章 孤勇之心

捂住消息？"

文森冷冷哼了一声，这是自由台的主播安妮。自由台是独立于党派的媒体，总喜欢盯着政客不放，真是唯恐天下不乱。

媒体就像羊群，一经带头，群羊就会围过来。于是，很快有人扒出了罗斯遇刺前签发的最重要的邀标文件，关系到联盟国最大一笔财政预算的项目——星空传送门。

"谁中标了这样巨大的项目？这背后有没有对罗斯的贿赂，有没有商业腐败？"自由台的女主播继续播报，"如此巨大的邀标项目达成后，交通院院首罗斯却离奇死亡，不得不让民众发出质疑的声音。下面请看一则简讯。

"罗斯之死曝光的当天下午，四名以良知关切著称的议员，在网络上发起了对罗斯生前议定的最后一个项目，即星空传送门项目的质疑。据称，四名议员如果获得十分之一的有效动议票，就将正式启动对该邀标项目的重新审议，并提请司法委员会进行反商业贿赂审查。

"罗斯之死牵扯出一桩政商阴谋，一场政坛风暴或将在大选之前席卷国府十二院与两院议会。自由台主持人安妮为您报道。"

文森冷冷地看着电视。阴谋、阴谋，这些井底之蛙，口口声声说阴谋，却连舞台的一角幕布都没有掀开，真是可笑。

联盟国最大的财阀金先生在幕后操纵了星空传送门的邀标项目。罗斯在生的时候，已经完成了部分文件的签署，可是他还没来得及把预期利益变成现实利益装进金先生的口袋，就遇刺了。

这是联盟国最大的一笔财政预算，除了文件签署，还有很多程序要走。罗斯绝对不能在这个时候死，这个项目绝对不能有任何闪失！为了保证已经到手的利益不受任何影响，金先生向在任总统国寅和在野第一大党党首文森施加压力，要求用AI机器人来代替罗斯，完成后续的中标程序。

现在罗斯的死讯曝光了，用AI机器人来代替交通院院首的丑闻，很快会闹得人尽皆知，金先生已经到手的利益将会出现变数。

金先生的支持和选民的支持，两者孰轻孰重，文森心中有数。

大审判日将近，文森必须率先打出组合拳，把罗斯遇刺的责任推到国寅头上，纠集议会行使弹劾总统的权利。可能等不到大选日，胜负就要见分晓。

文森的这套组合拳很是精妙，他已经做好了分工部署，他的三名重要幕僚，权世勋、五克圣基、金钟仁将分别执行他的计划。权世勋负责解决媒体问题，五克圣基负责解决反对金先生的那帮议员，金钟仁负责把撞破机器人冒充罗斯的证人武烈带回来作证。

他要一边保住金先生的既得利益，一边发起对总统的问责程序。

现在，自由台的主播安妮竟然如此嚣张，权世勋怎么还没动手？

第二十一章

十二魔神

古典法的先贤曾经深度探讨过一个问题：国家的执法部门究竟是什么？

执法部门从来都是国家的暴力机器，用以打击犯罪，保护民众利益。没有暴力机器保障的法律，是古巴比伦的空中花园，是"字面上的楔形"。

古老的法学曾经提出过"自觉自醒"以及"法应自然"的形而上状态。在这样的状态里，"哲学王"充满大智慧，统治一切，而城邦不光有"良法"，还有"善治"，既有良好的法律规范，又有法律规范得以应用的社会治理。城邦的一切秩序都能得到保障。

可是，这种完美的状态不是一蹴而就的，如果有人抗法，那该怎么办？

古老的法谚说：法杖就要高高举起，正义须像雷电一样降临。

武烈现在面对的，就是这么一场空前绝后的抗法。三百多人一起拒捕，这无论搁哪个时期，都比较特殊。

已经打了很久，武烈的体力已然透支，敌人却仍像潮水一样不断拥上来。

凯琳已经恢复了体力，她看着孙智孝，说：“看样子我们要去帮他了。”

她指的他，自然是已经淹没在人海里的武烈。

孙智孝握着她的手，感觉到她手上传来的力量。太好了，多一个帮手，就能和黄力虎周旋一阵了，凯琳可不是庸手。

孙智孝正色道：“公民配合制服犯罪，本来就是应该的义务。”

这科班生真是一板一眼。

凯琳点头道：“我希望你答应我一件事。”

孙智孝道：“什么？”

凯琳镇定道：“如果我们走不了，请把最后一发子弹留给我。”

如果凯琳落入车永昼手里，后果将不堪设想。

啊？这该怎么处理？教科书上可没有教过。孙智孝内心一阵起伏，道：“放心，我们一定会把你安然带出去。”

武烈正在和四名青年恶斗，他左手被一人死死缠住，行动受到极大限制，不得不单手对抗右侧的三人，他身上已经多处挂

第二十一章 十二魔神

彩,鲜血淌了一地。

蓦地,他感觉手上压力一松,缠住他左手的那人大声惨叫,跪了下去。武烈借势拉起此人,向右侧的三人甩了过去,将他们推开两尺之外。武烈一跃而出,跳出战团,这才得以喘息。

他抬起头,看见凯琳站在身旁,英姿飒爽。凯琳手一翻,一把匕首亮了出来。刚刚给他解围的,自然是凯琳。

车永昼吹了一声口哨,青年们又逼了上来,杀气比刚刚更盛:"风!风!风!"

孙智孝举起配枪,三人背靠背,呈攻守照应之势,准备拼命了。

黄力虎目光中颇有不忍,他向来敬重勇士。武烈是个好对手,凯琳和孙智孝身为女子,仍有力拼到底的决心和勇气,这让黄力虎肃然起敬。

这三百青年可不是稻草人,他们训练有素,攻防配合,是一支合成劲旅。这三百人分为初阶纵队、中阶纵队、高阶纵队,每个纵队按照单兵实力来排位。

武烈几乎用尽了全力,才解决掉初阶纵队中的一部分,后面的两个纵队实力更强,配合更默契。

特别是高阶纵队,只有十二人,却号称"十二魔神"。这十二个人,单个拎出来,或许无法和凯琳、武烈、黄力虎这样的高手一拼,可是他们其中的三四人联起手来,基本上可以秒杀凯琳；而五个人同时出手，武烈、黄力虎这样级别的高手，也是没有胜算的。

车永昼心中有数，让初阶、中阶纵队多消耗一点三人的体力，以及孙智孝的子弹，待三人力竭疲惫之时，他一声令下，十二魔神马上就能把他们三人干掉。

武烈的手都在发抖，孙智孝轻轻拍了他一下，算是鼓励。

"下半场还没开打，你可别尿啊。"孙智孝道。

武烈露出一个桀骜的笑容："放心，我最喜欢加时赛。"他转头问凯琳，"美女，你有什么话要先给我们讲吗？"

凯琳的面容依然冷艳，她说："如果不能活着出去，说什么也没用。"

武烈一耸肩，他冲着迎面而来的青年大喊一声："那就开打吧！"

这场群斗的下半场，以更惨烈的形式开打了。

此时在场的所有人，大概都猜不到，这场架，几乎可以决定国寅和文森的胜负。

而如何对东博社定性，决定着国寅和文森之间的较量。坐实凯撒等人的暴恐犯罪，胁迫凯琳逼凯撒认罪就范，对于顺利审判东博社有着重要作用。他二人赌上了所有利益，开弓可没有回头箭。

罗斯的死讯已经曝光，大选的下半场，也已经拉开了序幕。

第二十一章 十二魔神

文森的幕僚很得力，五克圣基找到了那几个反对金先生的死硬派议员，用了非常手段，包括威胁子女人身安全、抓住不雅把柄等，很快就平息了这些议员对金先生染指星空传送门邀标项目的反对声音。

文森动用了自己的党票，毙掉了要求重新审议金先生暗箱操纵星空传送门邀标项目的提案。在这个过程中，国寅不敢有任何阻碍，他深知，无论得罪谁，也不要得罪金先生。总统当到这个份上，也是窝囊。

接下来，就是该如何启动对国寅的问责弹劾。

反恐不力？倒行逆施？要员遇刺？用AI机器人来冒充院首罗斯？这是何其荒诞的政治丑闻！

媒体舆论、反对党提案、民众游行，这一连串像是排练好的一样，逼得国寅喘不过气来。

两院议会以多数票通过了对总统问责弹劾会议的召开决定，时间就定在第二天的19时。

国寅寄希望在大审判日对东博社进行定性、审判，继而将暗中支持东博社的文森一并打入涉嫌暴恐的队伍，可是看目前这情形，大审判日还没来，文森要反过来审判国寅了。

文森在办公室里，远程操作着这一切。

他的办公室里挂满了他当年在大学里的成就。当年的文森，信仰法律。如今的文森，信仰在政坛上翻云覆雨的手段，法律不过是政治的工具。

他摆平了妨碍金先生的议员，无疑助长了财阀腐败，但他告诉自己，如果在登到山顶之前就倒下，那就什么都做不了。

文森的书柜里都是法律典籍，在电子阅读已经完全取代纸书的时代，他依然保持着收藏旧本典籍的习惯，仿佛一切问题都能从这些故纸堆里找到解决之道。只有他知道，自己不过是为了求得最后一丝安慰。

文森从椅子上站起来，来回踱着步子。

他收到情报，贝利夫人的人正在追捕凯撒的妹妹凯琳。贝利夫人最擅长的，就是策反人心。看来，东博社里有重要的人被策反了。想都不用想，肯定是车永昼，那个超级野心家。

"为什么一定是车永昼？"金钟仁问道。

文森扶了扶眼镜，道："车永昼是个野心家，不，应该说，他是个幻想家。"

"幻想家？"

"对，他想取代凯撒，这不是幻想是什么？"

金钟仁不解："他和凯撒共同创设了东博社。"

文森道："不，东博社一直都只有一个领导者，那就是凯撒。"

"不论是威望还是思想，车永昼都差着凯撒一大截。"

文森继续道："可是，若论狠毒与计谋，凯撒根本不是车永昼的对手。最可怕的敌人，一定是自己身边最熟悉的人。"

第二十一章 十二魔神

金钟仁道:"所以,车永昼变节了,他出卖了凯撒。如果不是他出卖凯撒,贝利夫人不会那么容易找到藏起来的凯撒。"

文森道:"你知道为什么我不干预贝利夫人去抓捕凯撒?"

金钟仁愣住了:"我不知道。"

"凯撒就是在等一个殉道的机会。当凯撒在大审判日与AI法官展开辩论的时候,人们会被凯撒的风采吸引,全世界都会聆听他的思想,很多人会成为他的信众。有什么机会能比这个还要好?"

金钟仁道:"您是放任凯撒?"

文森道:"我们支持东博社不是一天两天了,东博社的支持者和加入者越来越多,国寅想把它定性为恐怖组织,从而把我打垮,这一点,明眼人都看出来了。"

金钟仁道:"是。"

文森缓缓道:"给凯撒一个求仁得仁的机会,正好能把他的思想传播开来,这对于我们推翻国寅,是有很大帮助的。"

金钟仁道:"所以您任由贝利夫人抓捕凯撒。"

"是。"文森踱了两步,"凯撒和东博社,终究只是棋子啊。"

金钟仁道:"国寅和贝利夫人以为抓到凯撒,就能解决问题,实际上,麻烦才刚刚开始。"

"所以他们才忙于补救。"文森目光灼灼,"那个AI法官,根本没有任何政治立场和情感,只会做出绝对公正的裁判,国寅要指控凯撒发动暴恐犯罪，证据根本不够。"

金钟仁道："所以贝利夫人才会指使车永昼，去坐实东博社的罪名。"

文森转过身，他眼神冷峻，看着金钟仁，道："车永昼这条反水的狗，你知道该怎么做？"

金钟仁杀气毕露道："知道。"

主仆之间，根本不用多说。五克圣基能用非正常手段解决议员，这位辅佐文森多年的金钟仁，自然也不是善类。

文森确实在暗中支持东博社，要是没有头号反对党的支持，东博社怎么可能迅速做大，成为国寅的心头大患。

东博社是打着法律信仰的旗号起家的，这和文森的思路不谋而合。废除奴籍，人人平等，推翻人工智能的无情审判……这些主张，都是源自文森。不同的是，这些主张对于文森来说，只是打击政治对手的工具而已，并非法律信仰。

凯撒被捕，文森可以将计就计，可是车永昼被贝利夫人策反，这就有点麻烦了。

"能够在弹劾问责会上作证的那个探员武烈，以及知悉真相的凯琳，一定要准时带过来。"文森清了清嗓子，用充满权威的命令口吻说道，"告诉黄力虎，小心贝利夫人手上还有四张王牌。"

第二十二章

四大王牌

文森对国寅发动的战争兵不血刃,武烈和车永昼的战争却已经刀刀见血。

武烈全身上下溅满了血,分不清是他自己的血,还是敌人的血。车永昼的纵队已经倒下了一大片,青年的尸体乱七八糟地躺卧在地。

孙智孝的子弹已经用罄,最后一发子弹,她没有留给凯琳。

加入战团不久的凯琳,很快被围攻。再绝顶的刺客,也有杀得手软的时候,何况耐力从来不是女刺客的强项。

三人被深深困陷,武烈用自己的身躯将两人挡在身后,他身上多处挂彩,鲜血带走了他大部分体力。

不能再打下去了,敌人一拨比一拨厉害,就像武非以前玩过的一个经典游戏,《植物大战僵尸》。敌人成群结队地扑上来,还个个生猛无比。

军事上有一个数值,叫"崩溃值",指的是一支队伍崩溃的临界数。当队伍中的士兵发现身边有多少同伴已经阵亡的时候,就会产生巨大的恐惧,军心就会动摇,进而队伍就会崩溃。历史上许多以少胜多的战役,无不是发动奇袭,在最短的时间里砍杀最多的敌人,造成敌人短时间内死亡数量的飙升,让敌人感到恐惧从而败退。

武烈起初打的算盘也是这样,先出重手杀伤一批,从气势上把敌人吓住。可是,车永昼座下的这支劲旅,仿佛根本不知道死亡为何物,这些人或多或少都进行了机械化改造。对于车永昼来说,死掉的也不心疼,反正东博社信徒众多,重新挑选壮丁,训练培养就是了。

突然,一股强烈的绝望涌上了武烈心头。再打下去,他就没力气了,而对方还没有出动的精锐——黄力虎身边站着十二个披着黑披风的家伙,光是在那儿杵着,就已散发出强大的气场,肯定不是庸手。

武烈不知道,这十二人是所谓的高阶纵队,是三百青年里最强的战士,号称十二魔神。

时机差不多了,再去试试武烈的体力。车永昼食指轻点,一名属于中阶纵队的青年手持斧头,扑了上去,他抓住武烈的一个破绽,利斧砍中了武烈的肩膀。

武烈痛得身形下沉,他强忍着痛,不让自己跪下去。我是执法者，气势上不能输！

"噗"一声轻响，凯琳手中的钢刺从武烈身后刺出，斜斜插入那手持利斧的青年胸口，那人闷哼一声，魁梧的身形却故意向武烈倒去，武烈站立不稳，被他带翻在地。适才武烈硬撑着不跪，已经用尽最后一丝力气。

见武烈已是强弩之末，车永昼露出一丝得逞的笑容。贝利夫人的狼狗，你该上路了！

"上！除了凯琳，都杀掉。"车永昼轻轻一挥手。

黄力虎身侧的十二道黑影像闪电一般扑了过去。

围着武烈三人的青年们立刻让出一条道来，众青年配合无间，足见日常训练的效果。看样子，车永昼是把东博社当幌子，实则打的是培养私人武装的算盘。

十二道黑影动作如电，快速无伦，杀气将武烈三人全部笼罩。武烈根本没法抬手还击，他心中一凛，这下惨了，恐怕没有机会再见到女儿武非了。

"闪开！"凯琳一把拉开了武烈，挡在了武烈面前，只见她举起了手中的钢刺，反手便往自己胸口插。

孙智孝大惊："你干什么！"

"慢！"车永昼大喊一声。这可不得了，凯琳要是死了，牢中的凯撒怎么办？

武烈目光一亮，好一个有情有义的刚烈女子！

十二魔神的攻势起了变化,当中十一人像是中了符咒敕令,在空中就收停了身形,而最后一人后发先至,扑向凯琳,以肉眼难辨的速度迅速扣住了凯琳的右手,他用力一分,凯琳手里的钢刺飞出,划伤她自己的皮肤。这人攻势不减,施展小擒拿术,将凯琳揉倒在地,反剪了手臂。

这兔起鹘落就在电光石火之间,来者速度快得惊人,武烈和孙智孝甚至没有看清他的动作。

随着凯琳被擒,其余十一人复又攻上,配合无间,三拳两脚间,迅速将武烈和孙智孝制服。

车永昼走上前来,看着孙智孝:"你刚刚是不是说过,依照法定程序,我将会被数罪并罚,被判处无期徒刑?"

孙智孝用力抬起头,盯着车永昼。

车永昼学着孙智孝的口吻,道:"你现在可以保持沉默……"

脱力的武烈没有办法挣脱十二魔神的压制,他破口大骂,问候车永昼的祖宗十八代。彻底落到敌人手上了,估计活是活不了了,先骂够了再说。

车永昼从十二魔神其中一人手中接过一柄逆物质枪,抵住了武烈的脑袋。

众人都认得这种武器,这是最强大的违禁武器之一。它之所以被列为违禁武器,倒不是对人体的杀伤力有多大,而是它对"机械改造体"有特殊的攻击效果。

第二十二章 四大王牌

凡是改造过身体的人类，都惧怕这种武器，逆物质枪发射的逆物质子弹，能迅速破坏改造过的机械体，将其逆转还原成原始元素，从而肢解、湮灭、销毁目标。可以说，它是"改造人"的克星。

目前，地球上的改造人太多了。在场的人如黄力虎，拥有强大的机械臂；还有那十二魔神，无一不是改造了身体，把身体变成了超自然武器；即便是位阶不高的其他人，有的也通过改造，加强了自己的膂力。

车永昼沉声道："肉体凡胎，不可能打这么久，不可能这么强，如果我没猜错，你改造过你的……心脏！"

武烈闻声剧颤，车永昼从他的反应里看穿了一切。

车永昼露出一丝阴险的笑容，只要他扣动扳机，逆物质子弹将彻底毁灭武烈的肉身。

"不要！"孙智孝大声喊道。她觉得自己从来没有这么害怕过，对于死亡，她早有心理准备，可是这一次，面对新搭档的死，她却表现出了不由自主的心悸。太不甘心了，难道就任由这帮人嚣张下去，甚至杀死执法的探员？

"这位警司说错了！"蓦地，传来一个男声，那声音穿透力很强，穿过地下广场，直直传了进来。

"轰——"一声巨响紧跟着刚才那句开场白，震得地面都在颤抖。

黄力虎警惕地探出头去——有人在使用便携火箭炮！

守在外围的纵队青年立马和对方驳火，场外一阵嘈杂。

只听另一人的声音比刚刚的炮声更大些："你可能不是无期徒刑……"

第二个人说完，第三个人的声音已经来到了石室之外，只听第三人道："你企图开枪袭击执法探员武烈……"

这是哪路人马，外边这么多人，竟然拦不住他们？

车永昼猛地扣动扳机，管不了这么多了，先干掉武烈！

突然，他惨叫一声，手上一痛，手臂已经被切伤，鲜血汩汩，逆物质枪"咣当"落地。

十二魔神护卫在他身边，竟然没有看出这是哪里来的利器！

"在那里！"黄力虎指着墙壁上的一个影子。

只见一个身形消瘦的男子从影子里走了出来，他戴着半个小丑面具，气场诡异。

这人是藏在影子里进来的。

黄力虎突然想起一个人来："你是……"

那小丑接着第三人的话，道："你将被判处死刑立即执行！"

这四人出场，一人一句，形式上明明非常滑稽，却透出一种强烈的诡异，逼得人喘不过气来。

"乔克！"孙智孝喜出望外，加上另外三位，这是特工局最强的四大王牌到了！

第二十二章 四大王牌

说话的男子正是乔克,未来特工局的四大王牌特工之一,外号"鬼眼"。乔克长啸一声,衣袖一挥,车永昼只觉得眼前一晃,一道强光袭来,死亡的阴影已经笼罩了他。

不等他有所反应,只听一声巨响,他面前爆发出强光,使得他无法目视。突然,一只有力的手拉住他后背的衣服,将他向后甩开。

待他睁开眼睛,黄力虎和十二魔神已经挡在了他面前。十二魔神以手推背,排作一列,将力量传到最前面的黄力虎的背上,黄力虎火力全开,正面接下了乔克的一击。

乔克的手臂仍在冒烟,刚刚是他打出的一记高热的聚能弹。

又是机械臂,不过他的机械臂改造,明显比黄力虎的强了不止一个等级。

黄力虎面色难看极了,对方来了四个人,面前的乔克随手发炮,他和十二魔神合力才能挡住。

乔克走到武烈面前,将武烈扶起,他看了一眼凯琳,嘴角浮起一丝得意。

车永昼沉声问:"是贝利夫人叫你来的?"

乔克阴恻恻地笑道:"你是不是很意外?"

车永昼看着手上的伤口,怒气冲顶,道:"不管她什么意思,你们今天谁都别想活着离开!"

乔克笑得更大声了,那笑声尖厉,震人耳膜。

黄力虎一抬手，十二魔神全力戒备。只听乔克转头道："别怕，像刚刚那种能量弹，我这手臂上，最多能装载三发……"

"不好！"武烈听出乔克语声有异。

"这是第二发！"乔克大喊一声，将手掌按向地面。只见他五指之间爆射强光，一声闷响之后，众人只觉脚下一沉，紧接着，类似火山爆发前的连续轰鸣传遍了整个地下基地。

地面开始剧烈晃动，众人根本无法站稳。

乔克露出阴险的笑容："快逃呀，车永昼，你这地方下面是睡火山，你自己都不知道吗？"

乔克的第二发能量弹，是要把车永昼的地下基地毁掉。

这确实是贝利夫人的作风，四大王牌一出手，就必须是大手笔。黄力虎愕然，这特工局的人怎么都是这种风格，发起狠来，都不计后果？

阵阵轰鸣声几乎要刺破凯琳的耳膜，她根本听不见孙智孝和武烈的喊声。武烈扑了过去，想要保护二女。一块岩石坠落，砸中武烈后背，他吐出一口血。

就在这顷刻间，山崩地裂，地动山摇，整个地下基地开始崩塌。石壁破碎，瞬间裂开，火红的岩浆即将喷射，地狱的恶魔仿佛就要爬出来。

"当心！这地方受不住了！"黄力虎已经无暇顾及面前的乔克，"护送布道长离开！"

第二十二章 四大王牌

地下基地就要毁于一旦,车永昼气得全身都在发抖,他狠狠道:"贝利!你好狠的手段!"

坠石砸伤一片,整个地下基地宛若人间地狱。岩浆从多个裂痕中喷射而出,青年纵队多人中招,惨叫声中,有人跌落裂缝。

乔克看着眼前的场景,笑得开心极了,好久没见过这种热闹的场面了。这四大王牌,都用目前最先进的科技改造了身体,他们身上,很难说到底还有多少人类的成分。

饶是身经百战的武烈,也不免被眼前的惨烈场面震住。这哪里是办案,这是没有一丝伦理的屠杀。

武烈喊:"乔克,你疯了吗?"

只见混乱中,三道人影闪动,避开障碍,稳稳落在乔克身后。贝利夫人的四大王牌不愧是未来特工局最强大的武器,这也是文森忌惮贝利夫人的主要原因。

乔克转身抓住武烈的领口,将他提了起来,然后拍了拍武烈的衣领,露出的笑容要多和蔼有多和蔼,要多和善有多和善,仿佛面前的骇人情形和他没有一点关系。

平日里,武烈和他们不大对付。在他们眼里,临时探员武烈,地位低下,粗俗鲁莽。而武烈也烦他们四人,为了追求官位,把自己改造得人不人鬼不鬼,另外,还特装腔作势,每次行动出场和行动结束,都要一人说上一句,美其名曰仪式感。这好好的警务探员,搞什么组合脱口秀!

武烈嘶声道:"你们四个到底要搞什么鬼?"

只听四大王牌中第一人道:"祝贺你!"

第二人道:"击毙幕后元凶……"

第三人道:"捣毁恐怖组织地下基地……"

第四人也就是乔克,他笑着道:"你女儿可以解除奴籍了!"

乔克的手机上亮出一份总统签署文件,武烈的女儿已经被解除奴籍了。

武烈内心狂喜,热血冲顶,一口气没提上来,差点晕厥过去。

第二十三章

残酷游戏

游行队伍愈演愈烈,简直把总统府门口的国府大道截断。

游行队伍的口号简单划一,要求国寅总统加大打击暴恐犯罪的力度,揪出"藏在联盟国参政党派高层的支持者"。

阳光热烈地照射在国寅总统办公室的落地窗玻璃上,他背过身,不想被晒伤。国寅总统在他的专属办公椅上转动起来,他对幕僚们的动作很满意。他神情悠闲,根本不像一个即将面临问责弹劾的人。

文森对他发起的问责弹劾,难道没有对他造成一丝影响?

当然不是。

随着两院议会批准了对国寅总统的问责弹劾会,各地大选的拉票和助选活动都紧急暂停了。理由是,现任总统涉嫌出现重大罪行。

文森运用各种手腕,保住了金先生的既得利益,又打出了悲情牌，把罗斯之死推到了国寅头上。让机器人代替政府要员的丑闻，足够让国寅喝上一壶了。文森太熟悉游戏规则了，作为法学大咖，他对联盟国法律如数家珍，他掐指一算，就能知道自己有多少支持票。

国寅一度受困，简直坐立不安。

不过，这种焦灼的状态并没有持续太久，因为国寅的得力幕僚贝利夫人在专线电话里告诉他，凯琳已经到手了。

到手了？那就简单了。

贝利夫人在电话那头问："要不要再等一等？"

"等什么？"

"等凯琳送到你面前？"

国寅总统有点急躁："你对四大王牌没有信心？"

"当然不是。"

"那就对了！"国寅沉吟了片刻，"等不了了，文森发起了问责弹劾会，如果再不还手，局面就将无法挽回，该还手了。"

国寅的执政理念虽然比较浮夸，但他绝不是个草包。他隐忍着一直不发，就是打算等到最后一刻，对文森重重还击。

有时候，反手牌比正手牌更有杀伤力。

国寅的幕僚团队开始紧急运作起来，他和文森的决战，拉开了序幕。他关停了五维空间的所有媒体，再一次用他那浮夸的社交直播对整个联盟国发布信息。

第二十三章 残酷游戏

"交通院院首罗斯之死，是一次恐怖袭击，嫌疑人盗取了未来号列车的设计图，于不久后，策动一名对社会不满的工人，企图实施倾覆列车，制造重大平民伤亡事件。

"在这起未来号列车倾覆案中，未来特工局的一名探员及时阻止了事件的发生，来自二十九街区的他勇敢、果断，勤勉工作，代表了联盟国的国民精神。他还有一个可爱的女儿，我将代表政府为他颁发奖章，我相信，他的女儿也会为他感到骄傲。

"这位探员正在全力追击未来号列车倾覆案的幕后凶手，前方证据显示，非法组织东博社余党策划了这起案件。"

收看直播的民众屏住了呼吸，国寅总统的直播从来没有如此吸引人过，他讲述了一个孤胆英雄，对抗恐怖组织，解救平民，关键是，这名探员来自二十九街区，也就是说，这是个奴籍人！原来奴籍人也能获得平等对待，得到总统颁发的奖章。

整个二十九街区沸腾了，高呼着武烈的名字。

没有什么比塑造一个奴籍英雄，更能显示国寅总统的包容和平等精神。所有的荣誉，在政客面前，不过都是精神鸦片和平衡术。

文森你不是高举打倒奴籍的大旗吗？我让你无话可说。

"针对议会对我发起的问责，我将委托司法部门披露上述案件的若干证据细节。虽然，在经过AI审判长裁判之前，所有案件都不能定性，但是这些证据细节，关系到总统问责弹劾会，关系到我本人，依据联盟法律，我可以披露可能影响问责委员会投票的相关情况。"

国寅偷着笑了，看明白了吧文森？你这个老学究，我当年打官司的时候，你还在翻译老掉牙的著作呢。

的确，在AI审判长宣判之前，任何人不能对案件定性，也不能泄露案件的证据细节。可是，国寅披露的，不是关于未来号列车倾覆案的证据，他援引不同法律条款，披露的是可能影响问责委员会投票的相关情况。他将文森发起的问责弹劾会，变成了自己依法可以披露案件证据的由头，狠狠地打出了反手牌！

国寅总统上台前，可是一名刑案律师，手段刁钻，多年后不改本色。

结束了这一次社交直播，国寅总统该发起总攻了。

十五分钟后，他的发言人贝利夫人等人，在不同场合、不同频道，披露了案件细节，包括韩奎是如何接受指使，凯琳是如何刺杀罗斯，最重要的是，车永昼拥有一支改造人纵队，人数多达三百人。而这支纵队的经费，都来自一个叫作金钟仁的人。

"金钟仁？"媒体几乎哗然。

"对，就是文森先生的辅佐官。"贝利夫人微笑着，在各路媒体面前抱以仁慈宽厚的笑容。

"想不想听一听录音？"贝利夫人播放了一段录音，里面是金钟仁和车永昼的密谋谈话，两人讨论了立法的问题，在对抗奴

第二十三章 残酷游戏

籍和审判制度上,观点一致。

只听金钟仁在录音中说:"文森先生说过,法律是信仰,所有法门的门徒,都应当追求内心的正义……嗯,是的,恶法非法,需要很多人参与讨论……"

车永昼接道:"很多人参与讨论……布道是需要经费的。"

录音里,金钟仁含含糊糊地答应:"是的,未来会来的。"

贝利夫人策反车永昼之后,车永昼把这段录音当作投名状,交给了她。

这段模棱两可的录音本身不重要,重要的是要如何去解读它。这是披着讨论法律的外衣在从事非法活动?文森的辅佐官涉嫌资助恐怖分子?

镜头前的贝利夫人目光灼灼,向全国观众展示着强大的气场,那种正义感和使命感,简直可以媲美演技精湛的演员。她字正腔圆地说道:"以上证据,都将提交给AI审判长,根据联盟国法律,未经审判,不得对任何人定罪。不过,我也想告诉那些企图从事暴恐犯罪的人,只要有未来特工局在,你们就不会得逞,无论你属于哪个政党,无论你是什么出身。"

电视机前的国寅总统和他的幕僚们简直要叫声好!好个含沙射影引导舆论,好个依法办事打击犯罪!贝利夫人什么都没说,可是大家都听明白了——文森有罪。

安排好的游行队伍迅速占领了总统府门口的国府大道,也占领了两院议会前的广场,激进的人群高喊严惩"国贼",严惩支持恐怖分子的文森。

就在还剩一个小时的时候,总统问责弹劾会议被紧急叫停。

结束了采访的贝利夫人,回到了国寅的总统办公室。

国寅看着贝利夫人,问:"我们现在有多大胜算?"

贝利夫人道:"凯撒在公审上认罪,东博社就将无法翻盘。"

国寅总统问:"你是怎么策反车永昼的?"

"每个人对权力都有欲望,不是吗?"贝利夫人一耸肩,"你应该比任何人更清楚这一点,总统阁下。"

"你有没有被我的演说打动?"国寅看着贝利夫人,很期待她的评价,就像一个少年做出了精彩的表演,期待长辈的点评。

有时候,贝利夫人会觉得,国寅如果不当总统,去当演员,或许更符合他的气质。贝利夫人歪着脑袋:"你是说哪一段?"

"就是武烈那一段。"国寅总统站直身,模拟刚刚他在直播镜头前的动作和音调,"未来特工局的一名探员及时阻止了事件的发生……他勇敢、果断,勤勉工作,代表了联盟国的国民精神……他的女儿也会为他感到骄傲……"

贝利夫人拊掌道:"不错!很不错!"

国寅总统笑了起来:"岂止是不错,简直把我自己都感动了。"

贝利夫人道:"是的,在这一场和恐怖分子斗争的战役中,一位奴籍英雄诞生了。有温情的父女元素,有平民的拼搏元素,

第二十三章 残酷游戏

有果断勇敢的英雄元素,试问谁不为武烈心生激荡?"

"我记得很多很多年前,北美有个国家,他们最喜欢拍超级英雄片。"

贝利夫人笑道:"这些年,贵族和有钱人的恩恩怨怨,大家好像有些看腻了。"

"是的,在这个资本和财阀掌握一切的联盟国内,这些东西,大家都看腻了。"国寅总统正色道,"塑造一个奴籍英雄,比贵族英雄,有意思得多。"

贝利夫人道:"明明是个微不足道的人,却要与命运抗争,这也是我很欣赏武烈的原因。"

国寅总统道:"这可真是一头性格有趣的狼狗啊!"

贝利夫人道:"你现在知道我为什么选择武烈去追查这个案件了吧"

国寅总统道:"当年你陪我狩猎,遇上的那头狼王真是可怕。幸好你带的猎犬扑上去,缠住了它,我提起了剑,将它们一剑洞穿!"

贝利夫人脸上闪过一丝不易察觉的伤感,她说道:"可惜那只猎犬再也回不来了。"

国寅总统道:"猎犬还会有的,这并不是什么令人难受的事。"

贝利夫人道:"现在,武烈就是那只猎犬。"

国寅总统目光中透着阴森,道:"他现在正好缠住了敌人。"

贝利夫人道："他现在已经成为平民英雄。"

国寅总统道："打造武烈这样的奴籍英雄，这是计划中的一部分。"他顿了一顿，昂起头，仿佛在读经典，"伟大的戏剧告诉人们，悲剧就是把美好的事物打散、砸烂，让人流泪！"

贝利夫人道："当武烈成为英雄的时候，也就是你提剑洞穿他和文森的时候。"

国寅总统有些兴奋："现在就是时候了，你知道接下来会发生什么吗？"

贝利夫人黯然道："知道，武烈会在办案过程中殉职。"

"这样悲壮的平民英雄，我会把他推向神坛！他的死亡，会为我争取到最大的民意。"

贝利夫人道："他的死亡，还会引发民众对东博社的痛恨。"

国寅总统倒了一杯红酒，端起酒杯，递给贝利夫人："对东博社的痛恨，也就是对他们背后支持者的痛恨，哦，他们背后的支持者是谁？"

贝利夫人接过酒杯，摇晃了一下，这是上好的红酒，它的颜色就像血一样。

这可真是残酷的游戏。

"干杯，敬我们的'狼狗'。"

第二十四章

绝处逢生

一轮红色月亮出现在天空之中，映照着联盟国最广阔的沙漠。夜幕即将降临，可是太阳还没有完全落下，残留的日光酷烈地晒着每一粒沙尘。

沙漠尽头，一架大型无人驾驶悬浮三栖飞行器由北向南飞驰而来。这架飞行器上印着联盟国未来特工局的标志，它是来接应乔克一行撤退的。

武烈等人正躺在一处被大大小小的沙丘包围的平地里歇气。风沙很大，众人都不敢大口呼吸。每个人身上的衣衫都有高热灼烧的痕迹，这是车永昼地下基地的岩浆给他们留下的纪念品。

他们能逃出来，真是奇迹中的奇迹。

就在地下基地坍塌之际，乔克打出了他的第三枚能量弹。这一次，他的能量弹对准了头顶上方的一处斑驳岩层，能量弹自下而上，贯穿岩层，打出一条逃生隧道。

"这枚能量弹设置了巡航模式,它会自动寻找结实的岩层,一直钻到地面。"乔克冷静道。

地底火山爆发,这可不是开玩笑的,任你改造成铜皮铁骨,也一样要你的命!何况,这条逃生隧道看起来也禁不住多大的震荡,要是火山爆发再引发一些地质震动,那就连逃出这地下基地的唯一机会都没有了。

所以,动作必须要快!

快!跟上这枚贯穿弹!

所有人都激起了强烈的求生本能。

乔克行了一个绅士礼,武烈两手分别拉住凯琳和孙智孝,当仁不让,纵身钻入隧道之中。他手脚不停,嘴上却不闲着,对于乔克故意引发地底火山的行为,感到非常愤怒。

"一枚能量弹就能解决的问题,"乔克一句话就把武烈钉死了,"白痴才去硬刚三百人!"

在隧道里,众人没命般地手脚并用快速奔行,此时可没法区分高贵族群和卑微奴籍,反正都一样,求生本能驱使,众人恨不得回到原始状态。

人类如今可以通过科技把自己改造为强大的人造人,可是他们忘记了,最初大家都是用四肢丈量这个广袤的星球。

也不知道爬了多久,那些象征死亡的声音逐渐被抛到了脑后,众人终于见到了光亮。

第二十四章 绝处逢生

"有光了!"孙智孝和凯琳激动得抱住了对方。这两个年纪相仿的女子在经历了生死危难之后,难掩内心的狂喜。

武烈率先从洞口钻出,接着是二女,然后是四大王牌。他们来到了一片沙漠。大家都爬累了,也顾不上形象了,刚刚从鬼门关转了一圈,先躺下,缓口气。

沙漠的细沙软得很,武烈高大的身躯简直要陷进去。看着乔克等人狼狈的样子,武烈笑了,他伸出手,乔克握住了他的手。只有在并肩浴血奋战的战壕里,才能快速获得友情。

武烈是个直爽汉子,他对乔克有了新的认识。

"你知道吗?你戴着面具,我以前一直觉得你阴阳怪气!"武烈大口喘着气道。

乔克把面具取下来,露出那一半烧伤的脸。太热了,他用面具扇了扇风,说:"戴面具是怕吓着人,我们局里有些探员看起来很有男子气概,实际上很娘。"

"这是什么时候烧伤的?"

"谁记得呢,反正是为了这个国家烧的,嗯,我想想……算了,服从命令,是我的生命。"

武烈坐了起来,问:"命令?你差点把我们都玩死了。"

乔克道:"你不是应该感谢我,然后要请我喝一杯吗?我知道特工局九号站对面有家皮尔斯啤酒不错。"

武烈确实有点渴,特别是在沙漠里暴晒,水分流失得很快。

乔克问:"听说你改造了心脏?"

"这你也信?"

"你居然有胆量挑战三百人。"乔克笑了,笑得很是轻蔑,因为对于四大王牌来说,这简直是件极其愚蠢的事。

武烈道:"我已经查清了案件的真相。"

乔克道:"有些真相还是不要全部知道为好。"

武烈道:"我们选择这一行,难道不是为了真相?"

乔克不笑了,说道:"你是不是忘记我刚刚说的了?"

"什么?"

"我刚刚说,服从命令,是我的生命。"

武烈也不笑了,两人握住的手,就这样僵在了半空。真是话不投机半句多啊。

乔克使了个眼色,他的三个同伴从沙地里站起来,走了过来。乔克介绍道:"他们是老K、老Q、老J。"

"你是Joker?"武烈问。

乔克道:"是的。"

一副扑克牌里,最大的四张牌都在这儿了。

武烈问:"你想不想知道我查到的真相?"

乔克问:"你想不想知道我得到的命令?"

武烈道:"从车永昼刚刚的反应来看,策反他的,应该就是贝利夫人。"

第二十四章 绝处逢生

乔克道:"是。"

"她为什么又要置车永昼于死地?"武烈故意发问。

乔克道:"因为车永昼是个野心家,能出卖凯撒的人,也一定能出卖贝利夫人,贝利夫人为什么要留着他?"

武烈道:"罗斯的死是车永昼策划的,未来号列车倾覆案也是。"

乔克道:"车永昼策划的犯罪,就是东博社策划的犯罪。"

"不,这两者似乎不能画上等号。要证明东博社从事暴恐活动的证据并不充分,而且在凯撒等人被逮捕后,车永昼的所作所为,恰恰是要坐实东博社从事暴恐活动的证据。"

乔克问:"车永昼为什么要这么做?"

武烈冷冷道:"这个就只有贝利夫人自己知道了。"

这背后的政治较量,武烈已经猜得八九不离十。

乔克和武烈不说话了。一旁的孙智孝和凯琳意识到氛围发生了转变,刚刚一起逃生的同僚,瞬间有了隔阂。

沙漠里的风沙大了起来,吹得人睁不开眼。

乔克低头把面具戴上,道:"杀罗斯的凶手难道不是你身边这位女士?"

他指的是凯琳。

武烈道:"是。"

乔克道:"那么,我是不是应该把这位女士铐回去?"

武烈不说话了。

乔克上前一步,欺近凯琳身侧,问:"你干这一行,难道不是为了真相?"

"慢着,在她的律师到达之前,她有权保持沉默。"孙智孝本能地站在了凯琳身前。

"我们总得搞清楚所有真相,对吗?"武烈看着凯琳,凯琳那深邃而美丽的眼睛仿佛装着大海星辰,"你为什么要杀罗斯?"

凯琳沉声道:"你知不知道,罗斯是靠鼓动战争发迹的?他曾作为战胜国代表,被派驻到沙朗国。"

武烈道:"我知道。"

凯琳单薄而纤细的身体在风沙中抖动,所有人都能感觉到她的愤怒和痛苦。只听凯琳道:"就在那个时候,罗斯奸杀了我的姐姐!然后把我俘虏来了这里!没有人能体会我的痛苦,罗斯用了各种手法来控制我、折磨我。"

孙智孝内心剧震,她扶住凯琳的手。那个时候的凯琳,才十几岁吧。

"罗斯在沙朗国奸淫掳掠,活脱脱就是一个魔鬼!他使用记忆擦除器,让我忘记幼时的记忆,他想把我彻底打造成他的玩物!"

凯琳转过头,看着乔克和武烈,道:"你们说,为什么这样的人,却得不到法律的惩罚?你们国家标榜的AI审判长,不是

第二十四章 绝处逢生

不受任何情感和政治势力影响吗？不是只会进行绝对正义的裁判吗！"

武烈捏紧了拳头，罗斯为什么得不到惩罚？

凯琳流着泪，她的眼泪在风沙中落下，她接着道："因为他是权贵！"

"因为他是权贵"这句话像一把大锤，重重锤到了孙智孝与武烈心头。

这句话像具有某种魔力般，在武烈脑中不停旋转，他依稀听见凯琳泣诉，她的哥哥凯撒是为了找她才来到联盟国的。

在车永昼的帮助下，凯琳恢复了记忆，并被黄力虎的老师偷偷训练成了一名刺客。在如何对付罗斯这个问题上，凯琳和车永昼发生了分歧，她决意回到罗斯身边去，寻找可以扳倒罗斯的证据，然后让罗斯受到法律制裁。

时间一天天流逝，凯琳偷偷搜集证据，向司法院匿名检举，可是数不清次数的举报，都如泥牛入海，难动罗斯分毫。

就在凯撒被宣布将要提交大审判的时候，凯琳终于放弃了将罗斯绳之以法的念头。这世道何其不公！为什么刚刚重逢的兄长变成了重刑犯，而禽兽却身居高位？这一切的不公，根本不能通过法律来解决，命运的枷锁只能靠丛林法则来决断。

车永昼向她下达了最后通牒：制造点动静，当局就会感到压力，就能释放你的兄长，而你也将大仇得报。

在国寅总统进行直播的那个晚上,结束了与车永昼密会的凯琳蒙着面,在城市的角落里,仰视着国寅总统的面孔。在这之前,她的内心是矛盾而复杂的,这种矛盾的情感,很大一部分源自被篡改的记忆。罗斯在她脑中种下了一张好人牌,即便她恢复记忆,也无法彻底抹掉这张牌。

她恨罗斯,可是她和他相处了多年,服侍了他多年,这个男人将她带到了发达国家并养活了她。在沙朗国,女孩会变成货品,被一遍又一遍地倒卖,甚至连一日三餐都无法得到保障,而像凯琳这样的绝色,会面临什么样的命运,她自己连想都不敢去想。

凯琳长吸了一口气,她坚定地吐出一句话,把武烈混乱的思绪拉了回来,她说:"好了,你们说,如果我不杀他,谁来惩罚他?"

第二十五章

我是风暴

沙漠上空的太阳已经完全落下,红色的月亮也逐渐变成冰轮。

气温骤降,每个人都感觉到了突如其来的寒意。

乔克的笑容比骤降的气温还冷,他看着武烈,一点征求他意见的意思也没有。"她没有保持沉默,相反,她承认了杀人的罪行。"

武烈无力反驳,凯琳杀人是事实。

谁来惩罚罗斯?为什么罗斯受不到惩罚?就因为他是权贵?这些问题猛烈地冲击着武烈的内心。

乔克道:"你想不想知道我得到的命令?"

孙智孝也沉默了,乔克四人是来抓凶手的,杀害院首,罪名很大。

凯琳长长地出了一口气,她胸膛起伏,像是终于把压抑的情感释放，得到了解脱。

四大王牌的老K说道："如果你不忍心看到她上手铐……"

凯琳看了一眼武烈和孙智孝，目光中全是感激之情，感激在这个魔幻的世界，还能收获真正的信任。

四大王牌的老Q说道："你可以转过身……"

武烈转过身去，他内心很难受，凯琳的命运和他的很相似，可是他需要破获这个案件。贝利夫人答应过他，只要破获这个案件，就能解除他女儿的奴籍。

孙智孝抬起头，看见那架前来接应他们的三栖飞行器已经来到了附近。飞行器使用悬浮动力，并没有扬起多大的沙尘，联盟国未来特工局的标志在夜空中显得特别耀眼。只要把凯琳押解上飞行器，他们的任务就算完成了。

她想起刚才被车永昼等人围困的时候，她的内心只有一个念头，就是要带凯琳这个可怜的女孩离开。现在要把凯琳交给乔克了，她内心又有诸般不忍。

飞行器的前灯让人无法睁眼直视，孙智孝侧头回避，她看见离她数步之远的武烈也在微微抖动。武烈你怎么了？你是在犹豫什么？

只听四大王牌的老J说道："恭喜你们完成了任务……"

"嗒——"随着一声悠长的金属轻响，老J把凯琳铐上。好了，杀害罗斯的犯罪嫌疑人已经落网了。

第二十五章 我是风暴

任务真的完成了吗？所有疑问都解开了吗？凯琳为什么要向武烈报案？如果不是凯琳给武烈打电话，告知他有人要袭击未来号，武烈根本不可能卷入这起案件。

还有，车永昼和贝利夫人是一伙的，车永昼要擒住凯琳，自然是为了要挟凯撒认罪，坐实东博社的罪名，用以打击文森。文森倒台后，还有没有人能站出来，如此强烈地反对奴籍制度？

把凯琳交给乔克，真的合适吗？

孙智孝感觉到了武烈的犹豫和挣扎。

武烈捏紧了拳头，他转过身，是因为不敢再看凯琳的眼睛。

他要解救女儿，再也没有比现在更好的案件结果了，既不过问高层的事，也不用理会复杂的政坛博弈。那些事不该他过问，他也无力过问，他只需要像乔克一样，服从命令，把人抓到，把案破了，拿到积分，然后解除女儿的奴籍，过自己的生活。至于凯琳涉案背后的一切，和他没有关系。

凯琳杀了人，就该受到惩罚，至于贝利夫人要怎么利用她的罪行，去和凯撒讨价还价，去打击文森，那是政治，不是法律！

武烈内心翻涌，他想起他的伙伴乔信惠，乔信惠时常告诉他，解决人生中百分之八十的烦恼的方法有两个，那就是"关你什么事"和"关我什么事"，佛系一点，法律本来就该摒弃情感判断。法律有规定，杀人就该被抓，这是天经地义的，和自己没关系的事，别去问。

可是在那个跑错的过去的时空里，当他的妻子席琳知悉他遵从内心的正义时，是多么骄傲。

当年武烈追查一个走私案，当查到财阀金先生头上时，他和搭档的行动被叫停了。武烈不顾反对，继续追查，最终中了陷阱，害了搭档罗宾，酿成了悲剧。他心怀正义，以为这样就能实现正义，可是现实让他碰得头破血流，他被打入了奴籍，妻子因罪犯报复而死，女儿也离开了他。

当年的选择又一次摆到了面前，明知背后有鬼，还要不要把这层窗户纸捅破？

AI审判长是基于大数据计算的人工智能，国寅总统提交证据，审判结果就会快速做出并生效。如果有人炮制了完美的证据链，加上首犯认罪的话，审判结果也完全可以被炮制。车永昼和贝利夫人煞费苦心地制造证据证明凯撒有罪，恰恰说明这个案子是冤案！

可是，现在只要他闭口，只要他停手，把凯琳乖乖交出，他就能解救他的女儿。

他看了一眼孙智孝。这个科班生，想必啃过无数法律条文和经典书籍，不知道她和她的同学们有没有探讨过，如果法律没有情感，会怎样？

武烈陷入了另一个深深的疑惑，凯琳为什么会向他报案？

经历了内心的激荡之后，武烈长吸了一口气，非常坚定地告

第二十五章 我是风暴

诉在场所有人:"不!我不能把凯琳交给你。"

武烈终于做出了选择,他将为他的选择再一次承担一切。在是否交出凯琳这个两难抉择上,武烈选择遵从内心的正义,他是当之无愧的硬汉。

就在武烈出声的同时,乔克的声音响起,语气中不无惋惜:"再见了,奴籍英雄!"

孙智孝感到一道寒光"嗖"地从自己脸旁擦过,直直射向武烈。

"当心!"凯琳惊道。

乔克得到的命令不光是带走凯琳,还要干掉所有知情人,孙智孝和武烈知悉的事太多了。

武烈猛地向右闪避,但这枚光箭还是从他的右臂穿过,顿时,他的胳膊鲜血四溅。

奇变骤生,乔克原来是来杀自己的。武烈忍着剧痛,向右扑出,他铁拳挥起,激起一阵劲风,把老J生生逼退两步。武烈的铁拳可是能与黄力虎的机械臂匹敌的。

"'狼狗',你这是找死!"老J喊道。

武烈抓起凯琳腕上的手铐,用力一捏,将手铐捏断——他的力气已经恢复了。他把凯琳拉到身后,捏紧了拳头,他要阻止四大王牌带走凯琳。

他的这个决定,无异于找死。

乔克盯着他，居然有人敢从他们手里抢人，这可真是破天荒的头一回。他阴沉着脸，问："你知不知道你将要面临什么样的风暴？"

武烈昂首看着乔克，他目光灼灼，道："老子就是风暴。"

凯琳和孙智孝目光闪动，对武烈投以热切的注视。

乔克暗暗思忖，刚刚那枚光箭本应悄无声息取武烈性命，他根本没有想到武烈能进行有效闪避，这莽汉是从何时开始警惕的？

他负手而立，四大王牌顿时对武烈形成包围之势。

空气里除了黄沙，全是杀意，风暴即将席卷大地。

古老的诗歌里说，手持正义之剑的少年，你将要面临风暴。

少年说，不，我就是风暴！

第二十六章
机械克星

"这里是未来特工局运输机019号猎鹰号,地面人员请回答,地面人员请回答……"

无人驾驶的三栖飞行器在半空中盘旋,人工智能需要确认地面呼叫器的匹配性,才会放下空取器。

呼叫器在乔克手中,乔克一挥手,将呼叫器扔到地上。一会儿打起架来,可不能碰坏了这个设备,要是设备发生故障,就没法和飞行器上的人工智能进行配对了。

能登上飞行器的人员现在还没确定,起码武烈和孙智孝必须死在沙漠里。

飞行器上的人工智能又发出了警告:"红色预警,红色预警,一股沙尘暴即将从南面袭来,危险系数为A级……请地面人员尽快回应,请地面人员尽快回应!"

风沙大了起来,沙子有些迷人眼。

武烈正面迎着风沙吹来的方向，他基本上处于劣势。

四大王牌顺着风，气势上就高出一截。这四人是贝利夫人的王牌，每个人都有万夫不当之勇，每个人都有雷霆般的手段，现在四人联手，收拾三个"残兵"，根本不在话下。

武烈在等，等他们四人先出手，虽然他现在恢复了不少体力，可也没法和乔克四个人硬碰。

乔克也在等，等武烈的气势弱下去，他要一招制敌。

这个满身是伤的硬汉，应该撑不了多久，刚刚乔克偷袭发出的光箭没能将对方一击毙命，他已经在同伴面前颜面扫地，如果不能再漂亮地一击制敌，哪怕让武烈还手打了他一拳，他都觉得不能接受。

四打一，本身就不光彩，要是还挂彩，多丢人。

蓦地，风沙变了方向，一阵风向乔克这边吹了过来。

乔克微微动了一下，武烈紧张了起来，他无法预料乔克下一秒的动作，既然气势的对峙被打破了，那么总要有人先出招。

强大的横风，让半空中的飞行器转了一下，前灯的强光照向了乔克四人。四人的目力在这一瞬受到影响。

机会来了！

武烈大吼一声，即刻出手。他扑了过去，趁着四大王牌躲避强光和风沙之际，连续挥出铁拳，这几拳如有雷霆之势，直直扑向乔克。

第二十六章 机械克星

擒贼先擒王，先打倒乔克再说。

只听一声巨响，武烈的铁拳重重击上了乔克的胸口。

武烈瞪大了眼睛，这一拳能把武装机器人打穿，却没有伤到乔克分毫。

"这是能量盾。"乔克露出一丝狡黠的笑容，"武烈，你还是太莽撞了。"

既然已经欺近身侧，那就别躲了，乔克手臂一挥，扣住武烈的手臂，一股超高伏特的电流迅速传遍武烈全身。

武烈大惊，除了胸前的能量盾，乔克浑身都是改造过的武器。

其他三人从乔克身后纵出，施展擒拿手法，去抓武烈。四人配合无间，形成天罗地网。刚刚乔克示弱，不过是个引武烈出手的计策。

武烈忍着电击的剧痛，大喝一声，用力旋转起来。他身材高大，如同一个硕大的风车，扣住他手臂的乔克跟着旋转，将老K三人排开。三人随即变换招式，俯身攻击武烈的下盘。只要武烈的立足点被踢倒，必然手到擒来。

不料武烈猛地站定，把乔克向三人推去，他身上的蓝色电流迅速通过乔克传到老K、老Q、老J身上。

电流将四人牢牢锁在一起。

机会来了！

到底是谁莽撞？武烈露出一个沉稳的笑容。

他用尽全力，抓起怀中的软质护腕，这护腕恰是绝缘材质，正好可以对付乔克的电击武器。武烈咧嘴一笑，绝缘体不导电，这是高中物理老师教的。

武烈手持护腕，用力砸向乔克带电的手，他趁机甩开乔克，向后急仰，就在他和乔克拉开一拳距离之时，他猛地揉身，手中亮出一柄枪。

乔克愣了一下，对于全身上下都经过机械改造的四大王牌来说，普通的枪支弹药不会给他们造成伤害。武烈拼死制造的一个近身机会，肯定不会是普通的枪支弹药，那么，这应该是改造人的克星武器！

等乔克反应过来的时候，已经来不及躲闪了。

这么近的距离，怎么可能闪避？

"再见了，'鬼眼'。"

只听一声爆响，一枚逆物质子弹打中了乔克。乔克身上的改造部件迅速爆起大火，火焰逐渐蔓延到被他的蓝色电流锁在一起的三个同伴身上。

乔克目光中全是惊恐，这是违禁武器逆物质枪。

一物降一物，改造武器固然强大，可逆物质枪正是它的克星。

这支枪是车永昼的，在地下基地里，车永昼本想用它击毙武烈。后来武烈趁乱捡了起来，用于防备。

第二十六章 机械克星

防谁?

这还用说,当然是来者不善的四大王牌。

武烈说:"你现在知道,我为什么叫'狼狗'了?因为我能嗅出诡计的味道!"

从那个时候开始,武烈就在防备乔克。他大胆猜测,既然贝利夫人和车永昼有过密谋,而四大王牌又是出了名的"清道夫",那么他们是来为贝利夫人善后的。

逆物质枪固然是改造人的克星,可是一柄枪只能装载一两发子弹,武烈不得不将它藏到最后。乔克等人的速度太快了,这一发子弹要是落空,就暴露了他手持违禁武器的事。四大王牌换一种打法,隔空围歼,武烈就将彻底失败。

失败就等于战死。

这个道理武烈明白得很,所以他必须先行示弱。

他需要中计,需要被乔克牢牢锁住,他隐藏了自己强大的臂力,用于最后一瞬的脱困。

一切都如他所料,其他三人加入战团之后,他的机会就来了。

逆物质子弹瞬间引发大火,将四大王牌困住,一阵号叫之后,他们便没了声息。

乔克此前引发地底火山,岩浆迸发,造成死伤无数,现在却死在车永昼的武器上。真可谓因果循环。

武烈暗自心惊，这火焰若是波及自己，想必也难以脱困。从地底和三百青年火并开始，他这条烂命，能撑到现在，真是托了大福。

火光映照着武烈的脸，这个糙汉子在红光下显得颇具威严。他累得瘫坐在地上，这一仗他几乎用尽了全部心力，他赢得极险，差一点就丢掉了性命。

他回望孙智孝和凯琳，她们二人在地下基地的恶斗中负伤颇重，此时还没缓过来。

火光映照着凯琳瘦削的脸，她用一双异域风情的妙目看着武烈，问："你烧死了他，你要的东西就没有了，你不后悔？"

乔克随身带着的，是武烈梦寐以求的东西——他女儿脱离奴籍的签署文书。

"罢了，没什么好后悔的。"武烈内心一沉，他知道自己将面临怎样的局面，就像当年他查走私案一样，当执法遇到权贵的利益，他遭遇重重阻力，他的人生因此发生了改变。

这一次，他还是无悔于自己的选择，既然选择了，就要承担结果。

武烈艰难地挪到凯琳面前，问道："为什么是我？"

为什么她会向自己报案？

"武非。"凯琳说出两个字。

武烈如遭雷轰，呆立当场。

第二十六章 机械克星

凯琳道:"因为武非是东博社的一员,也是我的朋友。"

"你的朋友?"

"我为数不多的朋友。"凯琳笑了,她的笑容很沉静,比今天的月亮还美。

武烈的大脑飞快转动。天!女儿武非是东博社的成员?那个小小的女孩,现在已经长大了。

凯琳道:"我信任你,就像武非信任你一样。"

武烈颤声道:"我女儿……信任我?"

"是!"凯琳坚定地看着武烈,"你是她的英雄,她虽然恼过你一阵子,可是当她慢慢长大,她慢慢知道你是个怎样的人,你在做怎样的事。"

武烈长吸一口气,他感到两行热泪滚滚而出。武非离开他很久了,他无时无刻不在想女儿,这些年,他活在自责中,不停用酒精来麻痹自己。

"于是你打电话给我,让我去阻止未来号袭击事件?当你被困在车永昼那儿时,是你把电话信号发送给我的?"武烈喃喃道。

凯琳道:"是,武非说,如果这个世界上只剩一个人值得信任,那个人就是武烈。"

武烈流着泪,大笑起来,还有什么比得到武非的认可更令他高兴的事?

"你为什么之前不告诉我?你难道知道我刚刚会选择反抗乔克?"

"是。我相信你会反抗乔克,我相信你和武非一样,敢于反抗命运。"

武烈道:"她为什么会和东博社的人混在一起?"

凯琳目光灼灼:"因为在那里她才可以找到真理。"

"她现在身在何处?"

凯琳道:"我可以带你去找她。"

武烈道:"去哪里?"

"大审判台。"

武烈惊讶道:"她会去大审判台?"

凯琳道:"她是去声援凯撒,她是凯撒的信众!"

武烈一拍脑袋:"天,这丫头干的是造反的事。"

凯琳道:"现在你要怎样,是去抓住她,还是支持她?"

武烈摇头道:"女儿长大了,实在管不住,我能管住自己就不错了。"

凯琳笑道:"女儿还小的时候,你也不见得知悉她的一切。"

"很多家长确实不知道孩子喜欢什么,"武烈焦急地搓手,"我起码得先知道,迷住我女儿的这位偶像凯撒,到底什么样。"

凯琳眼睛一亮:"你也要去见凯撒?"

"你是不是忘了你刚刚说的话?"

第二十六章 机械克星

"我刚刚说什么了？"凯琳问。

武烈道："你说，我女儿信任我。"

"是。"

武烈道："既然这样，我就不能辜负她的信任。"

凯琳道："你有什么打算？"

武烈沉吟片刻，道："我总得出庭去作个证，把知道的事，都说清楚。"

武烈不光目击了机器人顶替罗斯的现场，还知悉车永昼的阴谋。车永昼和贝利夫人陷害凯撒，炮制证据，用以操纵AI审判长的有罪判决，这是在挑衅司法。

不论是妻子席琳，还是女儿武非，都为武烈的正义感到骄傲。

"那什么时候可以动身？"

"现在！"凯琳看着武烈，"武烈，你可要想清楚，你现在要做的事，可能给你带来杀身之祸，可能会把天给捅塌！"

武烈沉吟半晌，说出一句古老的法谚，让孙智孝的灵魂深深震颤。

他说："如果正义非要天塌下来才能实现，那么，就让天塌下来吧！"

孙智孝看着武烈，这个高大的汉子，颇有些恶大叔的气质，在真相和正义面前，却有着一腔孤勇，能轻描淡写地说自己要出庭作证。可是傻子都知道，一旦在大审判台上作证，就意味着他要凭一己之力，挑战贝利夫人和她背后的政治势力，这将招致杀身之祸。

她和他搭档的时间不长，可是此刻她眼中的武烈身上泛着光，那是一种悲壮的英雄主义之光。

武烈转头道："孙智孝警司，宣读文书的任务已经完成了，从这一刻开始，就请你自便吧。"

是啊，宣读文书的任务已经完成，孙智孝不过是被临时选中来充当武烈的搭档，不知道怎么就和他一起卷入了这场讳莫如深、杀机阵阵的政坛风波之中。

"你要我走？"孙智孝愣住了，不知道该说什么好。

武烈这是在做最后的告别，他是在撇清和孙智孝的关系。他知道，一旦做出出庭的决定，他将朝不保夕，他将为了真相和法律尊严去赴死。

有时候，只有关心的人，才会狠心让她离开。有时候，只有狠心的人，才知道怎样去保护别人。

当年，因为武烈的一意孤行，搭上了搭档罗宾和妻子席琳，这一次，他要让孙智孝远离自己。人类之命运，相比宇宙星辰何其渺小短暂，在这短暂的一生之中，可曾有过危难之际，能把后背托付给对方？在这渺小的一生之中，可曾有过孤身赴死，却只愿与对方互道珍重？

第二十六章 机械克星

他发现,自己内心深处,对这位合作不久的搭档,已经生出了强烈的默契和情感。有些情感,根本不用说得明白,它只在生死患难中出现。没有人知道这种情感会在什么时候发生,可是当它发生时,它将成为人心深处最耀眼的光,它可以照亮这个一望无垠又风沙肃穆的沙漠。

孙智孝鼓起力气,朗声道:"武烈,你违法使用了违禁武器。"

"对,我承认。"武烈有点没摸着头脑,"那又怎样?"

孙智孝流着泪,道:"不论你现在要动身去往何处,我都要追缉你,直到水落石出,真相大白!"

第二十七章
无知之幕

联盟国十二院的建筑，各有特点。例如，交通院汇集了五维空间的交通元素，在院首办公室内还设有折叠空间。

司法院的代表建筑是罗马广场神庙。石砌的看台一圈一圈向外延展，罗马石柱高耸，广场中心立着一个高达九米的正义女神忒弥斯像。忒弥斯是十二泰坦之一，也是宙斯之妻。她一手执剑，一手持天平，蒙着双眼，神情肃穆。

忒弥斯的身后五百米处，是司法院的院首大楼，楼宇也是罗马时期风格，楼宇的石柱间镶嵌有透明玻璃，远远看去，只见石柱，颇为复古。

司法院院首正站在院首大楼的第六层，月光穿过石柱间的透明玻璃照在他的脸上，他神情有点紧张。

他不敢坐下，只能站着。因为在他面前坐着的人，是文森。

文森的脸色现在很不好看。

第二十七章 无知之幕

他和国寅总统的较量,已经到了白热化的地步,大选民调什么的,都变成了次要问题,现在的首要问题是,如何才能掐死对方。

国寅总统的攻势很猛,贝利夫人确实是一个得力助手,她策反了车永昼,并抛出了车永昼和金钟仁的密谈录音。

金钟仁这个猪队友!文森用力地扇了金钟仁一个重重的耳光。

国寅总统一直隐忍不发,就是要在最后关头一击制胜。

贝利夫人在公开发言中称,她和她的探员们已经掌握了可以证实东博社从事暴恐活动的证据,包括车永昼指使凯琳刺杀罗斯,车永昼秘密发展武装队伍,韩奎交代他接受了东博社的旨意去袭击未来号列车等。

就在文森发起的总统问责弹劾会被紧急叫停之后,国寅总统向议会提交了动议并获得通过,要求立刻公审东博社。

司法院院首办公室墙上的投影里正在播放新闻,两院议会批准了总统的提案,将于明天下午对凯撒等人进行公开审判。

文森阴沉着脸,站了起来,问道:"为什么正义女神会蒙上眼睛?"

司法院院首垂手而立,不敢回答。

过去,学者罗尔斯在《正义论》中提出了一个重要概念——无知之幕,即人们在赞成或者反对一项提议之前,应当假设自己藏身在一道幕布之后,不知道自己走出这道幕布后会是什么身份立场，不知道自己会是这结果的受益人，还是受害人。

正义女神忒弥斯蒙上眼睛，表示一切全凭理智判断，不被任何感情影响。

"不受任何感情影响，这不正是国寅设计AI审判长的目的吗？"文森转过头，"可是现在我怎么感觉这不受任何干扰的审判者，变成了国寅的工具？"

"就没有办法了吗？"文森问。

司法院院首额头上全是汗："除非有反证出现。"

国寅就要得逞了吗？文森想，不，还没完，至少还有一个强有力的反证。

他看着远方的天空，他还剩一些渺茫的希望。

能扭转局面的反证，正在一台未来特工局的三栖飞行器上。

提前审判凯撒的消息，已经传遍了全国。武烈从乔信惠的电话里得到消息，他决定搭乘这架飞行器，赶往大审判台。

飞行器是他们唯一的逃生工具，没有它，他们三人恐怕很难活着躲过这场沙暴。于是，武烈通过乔克的呼叫器，骗过了飞行器上的人工智能，三人顺利登机。

贝利夫人正在特工局里看着雷达监控。她向飞行器发出了通信要求，要求飞行器上的乔克立刻报告现在的情况。

可是，飞行器的通信设备似乎哑火了。

没有得到回复的贝利夫人，试图紧急启动对飞行器的远程接

第二十七章 无知之幕

管。但是她没有成功。

属下报告，飞行器就要穿过雷达监控区域，也就是说，飞行器很快就会飞出就近防御导弹的射程。贝利夫人意识到，乔克一定是出事了。武烈用什么法子干掉了乔克？这可真是令人难以置信。

从飞行器行进的方向来看，武烈不像要归队的样子。看来武烈已经嗅出了阴谋的味道。

不愧是"狼狗"啊。贝利夫人喝了一口杯中的威士忌，武烈好像最喜欢这种单一麦芽的酒。

一名特工局探员跑了进来，请示贝利夫人该如何处置："猎鹰号已经确认失联。"

猎鹰号正是那台三栖飞行器。

贝利夫人把杯中酒喝完，她看着雷达上的闪光点，有点恼怒，武烈，你竟然敢反抗！

当她把玻璃杯从她的唇边移开时，属下听到了冰冷的两个字。

"开火。"

"飞行器上检测到有多名活人。"探员发出了一声质疑，飞行器上可能有特工局的同僚，甚至可能有逮捕归案的犯罪嫌疑人凯琳。

贝利夫人冷笑，不重要，这些都已经不重要，现在的局面发生了变化，文森已经洗不清"涉恐"的罪名了，整个剧本很快就要推向高潮，文森将彻底失去民心。

掐灭文森的希望,再重创他,从心理上击溃敌人的快感,实在难得。至于飞行器上有几条人命,是不是自己人,那有什么关系?在原定的剧情里,武烈本来就是要殉职的。

登上飞行器的武烈,迅速切断了人工智能,将飞行器改为手动模式。他过去学过如何驾驶这种飞行器,虽然技术有些生疏,可是当着两位女士的面,他撑也要撑作熟练的样子。

一想到武烈把通信器切断,就像他故意挂断自己的电话一样,贝利夫人简直不能忍,他从哪儿借来的十个胆?武烈,你不是做梦都想让女儿脱离奴籍吗?贝利夫人转过头,看向探员,探员立马汇报,特工局刚抓获了一名东博社余党,根据这名余党交代,一名叫作武非的女子加入了东博社。

武非?贝利夫人眉毛一跳。既然父女俩都要造反,那还有什么好说的?

贝利夫人将玻璃杯重重摔到了地上,她拿出了总统的谕令:"开火!"

两分钟后,一枚远程导弹击中了猎鹰号,雷达上的闪光点消失了。

监控器里,冰冷的声音播报道:"飞行器上查无生命体征,飞行器上查无生命体征,目标彻底击毙。"

看着天空中一闪而过的亮光,文森的一颗心沉入谷底,希望随之破灭。

第二十八章

末日审判

星际后元3312年,春。

联盟国第一百四十六次AI公审。

被称作AI审判长的AI法官坐落在司法院内,正对蒙眼的正义女神忒弥斯石像。AI法官所在的建筑是一个巨大的黄金天秤座星座形象,高达三层楼,其中心是数台超级计算机,两端连接着大数据库。

司法院的罗马广场上人满为患,同心圆形式的石阶上坐满了旁听公审的公民,还有媒体人员。每一次公审,都是媒体的盛事。

根据联盟国家宪法,每年的大审判日是4月1日。然而,今天并不是4月1日。今天的公审,是一次特殊的审判,是联盟国最高权力机关批准的提前审判。

从前来围观的媒体和人数来看,这次提前公审,比以往的大审判日更加瞩目。媒体已经架设好了直播设备，联盟国所有的网络和卫星，都聚焦到了广场的大审判台上。

联盟国的每个角落都响起了媒体报道的声音：

"因为这次审判的对象，是一群强烈反对奴籍制度的人，所以受到了广泛关注……"

"如果这次判决他们无罪，将会给联盟国法律带来巨大影响。"

"这是一次提前预演，公审凯撒的判决结果，将带来许多不确定的变化……"

"在不久前的案件侦破中，一位奴籍探员英勇殉职……"

"有关专家预测，在不久后的大审判日，还能不能继续对国人进行奴籍判定，将会出现变数。联盟国法律频道主持人缪斯为您带来现场报道……"

国寅总统在总统府里远程观瞻这一切，他的总统府在天空之上，象征着凌驾一切。

贝利夫人和各路要员，已经陆续抵达了司法院的院首大楼。

在院首大楼的瞭望台上，各路要员可以清晰地看到大审判台的情形。

文森和一群高级别议员坐在瞭望台的右侧，和贝利夫人率领的队伍相比，显得气势弱了很多。

文森扶了扶眼镜，向贝利夫人等人投以礼貌的微笑。在镜头

第二十八章 末日审判

面前,保持良好的风度,是一个成熟政客的基本素养,即便手上的牌快要打烂,在没有下桌之前,依然不能宣告胜负。

贝利夫人在各路媒体面前,保持着沉稳而优雅的笑容,她向文森投以相同礼貌的微笑,虽然她心知肚明文森内心想把她大卸八块。

她在党派里的级别,和文森差了很大一截,可是她现在底气十足,她有着最高统治者撑腰,这位铁娘子现在已经成为炙手可热的人物。坊间传说她将直接跳过未来特工局局长的宝座,一跃成为情报院院首——这是十二院里最强大的长官职务,这个职务只对最高统治者负责。

随着一声悠长的钟声,公审开始了。

天平建筑发出了十二声低沉的鸣笛,庄严肃穆的氛围迅速笼罩整个广场,把嘈杂的声音都压了下去。

天平建筑中间伫立着一台黄金机器人,它就是AI审判长,它将诵读法律文书,它的音调沉稳而笃定,没有任何情感偏向。

"星际后元3312年3月18日,依联盟国刑事及程序法律,对犯罪嫌疑人凯撒进行公开审判。据司法院提起指控,犯罪嫌疑人凯撒,涉嫌藐视国家权威、策反国家高级官员、企图颠覆国家政权、从事恐怖袭击犯罪,提请审判,指控理由及事实如下……"

AI审判长的声音回荡在整个广场之上,现场的媒体和听众都听得入神。这是专门调校过的人工智能,它具有独立判断的高超运算能力，所有的法律资料输入到它的运算数据库内，就能准确地完成结果裁定。

天平建筑的两边分别有一个宽阔的空中露台，能容纳三十来人；内部有被告人候审室、证人休息室、临时羁押区、物证陈列室等，可谓一应俱全。

随着AI审判长的文书诵读，凯撒被武装机器人押解着，从天平建筑的底部登上电梯，升到了右边的空中露台上。露台布置有制式的审判台和被告人席位，上方悬挂着电子数码屏，上面滚动显示着被告人涉嫌的罪名。

凯撒戴着电子手铐和脚镣，被推到了被告人席位。

这下，众人都看清了凯撒的长相，这个男人曾被媒体称为"联盟国最危险的男人"，他散播着"最危险的思想"。

凯撒身材瘦高，一双精光深藏的眼睛低垂，他的五官立体而疏朗，明显有着异域血统。

被关押过的人，难免精气神委顿，而凯撒却丝毫未受影响，他身着宽大的囚服，站在审判台上，迎风而立，风吹动他的衣摆，反而衬得他神采奕奕。

AI审判长开始宣读指控凯撒的犯罪事实，在场的人无不听得暗暗心惊。与此同时，整个国家的网络直播也在跟进凯撒的公审，各种观点层出不穷。

宣读凯撒的犯罪事实，足足用了一个小时，可谓翔实详尽。

第二十八章 末日审判

贝利夫人的心思却没有在这儿，她在观察文森的动静。

"以上是被告人凯撒的犯罪事实，被告人可有异议，是否需要对犯罪事实部分进行辩驳或者说明？"

整个现场安静下来，大家都看着凯撒。

文森盯着审判台，凯撒像老僧入定一样。

良久，他口中吐出几个字："我不需要。"

文森心一沉，凯撒果然准备做认罪陈述。贝利夫人真是好手段！

"叮叮——"文森的手机响了起来。他起身，屏退左右，他变得神色严肃，贝利夫人却已经放松下来。

贝利夫人发出会心的笑，从凯撒放弃辩护的态度来看，她对凯撒的威胁看来已经达成效果。

接完电话的文森瞪着贝利夫人："你骗了凯撒，凯琳已经死了。"

"下面，本庭将展示被告人凯撒从事犯罪活动的证据，请候询室的证人做好准备……"AI审判长宣读完犯罪事实，开始引用证据。

凯撒不会为自己辩护。

贝利夫人对文森报以一个胜券在握且无比惋惜的表情，文森，论手腕，你比国寅差远了。

第二十九章

小丑面具

天平建筑的第二层是一排整齐的候询室。

为了完成公审的所有流程，司法院需要提前做好准备工作。所有证人和陈列物证在公开展示之前，都在第二层候询。

这些证据，将会成为输入的数据，提供给AI审判长，然后由AI对证据进行计算，输出一个判决结果。

今天的公审非同小可，贝利夫人要求特工局介入司法院的警卫工作。警卫处的高级警督边泰，率队负责对二楼的证人候询室进行安保。

依照AI审判长的宣读顺序，边泰会将证人依次送进专属传送通道，通道直达楼顶的大审判台。

边泰是个满心怨气的老光棍，贝利夫人一直把他放到警卫处的位置上，多年也不见提拔。此刻他正坐在一间小房间内喝咖啡，向属下抱怨，自己没能去地面广场观瞻这场公审。

第二十九章 小丑面具

就在这个时候，二楼的过道里响起了脚步声。

一群武装机器人把来人团团围住。这群机器人战斗力极高，属于军事作战的水平，可不是平日里值守的机械保安。

有人来捣乱？这可不是开玩笑的，干扰公审，是重罪！

边泰端着枪，带着人快步跑了出来，他们看见一个戴着小丑面具的男子，穿着染血的披风，在灯光昏暗处站立，浑身透着杀气，教人不敢直视。

"你是？"边泰问。

男子掏出证件，扔给了边泰，边泰手上的ID识别器亮起了绿灯。

"乔克！"边泰眼睛都亮了，这可是贝利夫人麾下的王牌。

"你真是乔克？"边泰问。

边泰没有见过乔克，他是贝利夫人的秘密武器。应该说，特工局里见过乔克的人不多，可是几乎每个人都知道乔克戴着面具。

难道证件ID认证还不能够证明？乔克一行刚刚就是凭着这张证件，一路通过了各种检查，进入司法院，进入这座天平建筑。

乔克是司法院的熟人了，每年的大审判日，他都会代表未来特工局，来到这座天平建筑的指挥室，作为首席警戒官员，坐镇现场。

乔克随手一挥，一枚光箭发出，子弹一般打在边泰的脚边，他指着自己的小丑面具，道："你是要我把你脑袋拧下来，才能证明吗？"

"你来干什么？"

乔克问："候询室是在这里吗？"

"是的。"

"我把最重要的证人送过来。"

"谁？"

乔克一侧身，边泰就看见了他身后的凯琳。

凯琳戴着电子手铐，垂着头。

凯琳身后是持枪押解她的孙智孝。

"这位是孙智孝警司。"

边泰点头："法律监管处亨利那家伙的部下，我认得她。"

乔克道："公审需要增补一名证人，就是她。你知道的，她和交通院罗斯的关系，她知情。"

边泰打量了一下凯琳，他从没见过这么漂亮的女人。

"我得给贝利夫人打个电话确认，她似乎并没有在证人名单上。"

乔克上前一步，瞪着边泰，道："嘿，做好你的本职工作，别的事你没资格过问，这是贝利夫人的命令。"乔克转头道，"把法律文书给他。"

第二十九章 小丑面具

孙智孝上前，向边泰展示增补证人的文书。

"看清楚了吗？"

既然是这样，那还能说什么，边泰展开了疑惑的眉头，一改刚刚的态度，拉起了乔克的手，他感觉乔克的手很烫，刚刚那枚具有杀伤力的光箭，确实是乔克的成名绝技。

边泰满脸堆着笑，乔克是贝利夫人跟前的红人，很快估计就要随着贝利夫人飞升，此时确实不宜多生是非。

边泰的语气变得很恭敬："阁下，我在指挥室准备好了咖啡，把证人交给下面的人，我们过去坐坐。司法院的上好咖啡想必你不会陌生。"

嗯？不会陌生？糟糕，每年的大审判日，都是四大王牌在这里坐镇，为审判保驾护航，四大王牌一定很熟悉这里的环境。

乔克心中暗道，天，我根本就没有来过这里。

边泰并不挪动脚步，只伸手道："请。"

面具遮盖了乔克的神情，只听他哼了一声，然后大踏步往前走去。他不敢回头看边泰，这个多疑又狡猾的人，看不出是好意还是在试探他。

孙智孝紧张得手心出汗，若是现在穿帮，他们的计划就将彻底破产。武烈扮演乔克，能经得起试探吗？

"女士，请跟我来这边。"孙智孝和凯琳在机器人的指引下，前往证人候询室。

推开候询室的门，里面有许多即将出庭作证的人，有未来号列车上的乘客，有了解东博社组织发展的人……这一次公审，司法院显然下足了功夫。

乔克艰难地挪动脚步，他转过了转角，两扇与众不同的房门出现在他眼前，左右各一间。该死，指挥室是哪间？

边泰摸了摸腰上的枪。他身边那一排军事级别的武装机器人也迅速抬起了枪口。

黑黢黢的大口径枪口闪着光，对着乔克的后背。

赌了！

只见乔克用力推开左边的门，他眼前出现了几块硕大的指挥屏幕，一张胡桃木长桌从屋子的一头延伸到另一头，上面堆满了资料。

一壶上好的手磨咖啡正在机器里冒着烟。

乔克转过头，问："这咖啡怎么闻着有股劣质味儿，你们警卫处是不是快没钱了？"

边泰收起了枪，赔着笑，武装机器人也收起了武器。

第三十章

证人出庭

"为了释明真相，我们需要质证……"AI审判长的声音在天空中盘旋回荡，宣布审判进入质证环节。

质证环节包括对物证的质证，也包括证人出庭。

在候询室里的孙智孝手心沁着汗，内心不由得一阵紧张。

等到AI审判长宣布证人出庭的时候，候询室东边角落里的传送通道就会闪起绿灯，到时候，她将会排除万难，把凯琳推进那个通道里，将凯琳传送到审判台上。

这个机会很难得，所以他们必须要混进这里。

这个机会也很重要，决定了凯撒、凯琳兄妹能否与命运对质。

一旦穿帮被发现，一大批武装机器人就会拥上来，凯琳和孙智孝估计连靠近传送通道的机会都没有。

在看台上的贝利夫人正沉浸在胜券在握的情绪之中，突然，一名特工局探员走上来，悄声向她报告了一件蹊跷的事。

贝利夫人的脸色立马变了，她看向对面的文森，文森察觉到了贝利夫人的目光，含着笑看过来，似乎已经知晓那件蹊跷的事。

"你确定？"贝利夫人问探员。

"确定，刚刚ID系统里，出现了乔克的核验信息。"

"乔克没死为什么不直接来给我报到？"贝利夫人定了定神，"这肯定是有人在捣鬼！"

不对，在导弹击中飞行器之后，系统反馈，上面的生命体征已经消失了。

这到底是怎么一回事？

按照国寅总统的设计，武烈殉职成为奴籍英雄，以粉饰奴籍政策。这些天，媒体都在鼓吹武烈殉职的事。

可是，如果飞行器上的人不是武烈，那会是谁？

"有老鼠钻进来了，"贝利夫人压低了声音，"跟我来。"

贝利夫人率领探员离开了瞭望台。

就在这个时候，AI审判长已经完成了物证展示。

AI审判长说道："被告人，你对上述物证，有没有意见发表？"

凯撒的表情微微动了一下，他还是没有开口。他合上眼，像进入了禅修状态。

所有人都在猜测，他到底在想什么？

"说话啊！"

第三十章 证人出庭

"被告人怎么了？"

"是不是被拔掉了舌头？"

"被告人是认罪了，自知罪孽深重！"

广场起了一阵骚乱，有人窃窃私语，有人大声呼喝，所有的疑问都集中在一个问题上，在审判台上的凯撒，太不正常了！

要知道，凯撒之所以被称为"联盟国最危险的男人"，就在于他的言辞魔力。听过他演说的人，都会被他的气度所折服，都会被他的观点带入另一个思想境界。

凯撒之前坐过牢，警方把他和几个极端暴力分子关在同一监舍，想要折磨他。可是不久后，警方惊讶地发现，同监舍的人，都将凯撒尊为领袖。

他一开口，就如同魔法之音，能收服信众。

这样的人，站出来反对国寅总统，怎么能不令当局恐惧？

可是，凯撒今天居然对所有不利的证据保持了沉默。

在广场里旁听公审的，有权贵，有平民，也有奴籍街区的代表。这广场上起码一半的人，都想听听这位神之使徒是如何为自己辩论的。

他不说话，太不正常了，太让人失望了。

犹如一场预告精彩的对手戏，现在只有一人说话，真是让人憋气。

在人群的嘈杂声中，一队特工局探员从天平建筑的后门快速进入，直奔二层候询室而去。

二层候询室里，孙智孝正在竖着耳朵听语音播报，当AI审判长宣布证人依次出庭的时候，她和凯琳会跳入那个传递通道。

竖着耳朵的孙智孝当然也听见了外面的脚步声。

她紧张地站了起来，握紧了手中的枪。

墙上的钟摆不停地响，孙智孝像是听见了自己心跳的声音。

该死，这证人出庭的环节怎么还没到！

而在另一边的指挥室里，正在和边泰闲聊的乔克也变得脸色紧张。乔克故意把咖啡机声音拉到最大。

边泰问："乔克阁下，你怎么了？"

"咖啡有点烫。"乔克握紧了拳头，把所有力量都聚集到了手中。

他心中焦急万分。

该死，怎么证人出庭的环节还没到？

他已经和边泰闲扯半天了，连小时候看过什么漫画都聊上了。再聊下去，就要把乔克这个人物重新塑造了，边泰内心一定有疑惑，平日里狠辣狡猾的乔克，竟然也有如此健谈和善的一面，能与他这样的小人物畅聊。

边泰端起咖啡壶，给乔克的杯子斟满，他小心翼翼地端起咖啡杯的垫碟，生怕乔克被烫到。"您用这个杯垫。"

"你客气了。"

第三十章 证人出庭

边泰倒是也不拐弯抹角："等贝利夫人上位了，就要仰仗乔克先生了。"

乔克的表情被面具遮盖："贝利夫人要上位了？如果这家伙上了位，估计所有奴籍街区的人，都只能当狗了吧。"

边泰大笑道："能当贝利夫人的狗，有什么不好？之前有个武烈，你看看，他现在可风光了，成了英雄。"

咖啡机的声音停了下来，两人都听见了楼道里纷至沓来的脚步声。

边泰的耳麦响了，里面通报了贝利夫人的命令。

他看着眼前的乔克，冷冷道："好好做狗，为什么要作死？"

乔克深吸了一口气，时间快到了，他撑不住了，决意摊牌："这个世界上有些人，明明可以做人，却非要做狗！"

候询室的传送通道绿灯亮起，一道圆柱形的光出现在房间角落。

机器人尽可能表达出热情的语调："请第一位证人出庭。"

名单上的第一位证人，是未来号列车的列车长金乙三郎，他将出庭证明当时未来号列车受到袭击的情形。

孙智孝拉起凯琳的手，机会来了！

"慢着！"孙智孝一把拉开了金乙三郎。

她二人朝传送通道跑去，只剩十步、五步……

蓦地，一声枪响，一发子弹打在了孙智孝的腿上，她猛地栽倒在地。凯琳快速卧倒，向一张钢架桌子后侧躲避。

几台武装机器人快速冲进候询室，房间里许多人抱头乱窜。

贝利夫人站在门外，喊道："干掉他们！"

孙智孝冲凯琳喊："快去审判台！别管我！"

凯琳离传送通道只有两步之遥，可是密集的子弹将她困在墙角，她无法冲过去。

蓦地，又一声巨响，凯琳背后的墙体开了一个大洞，一团光翻滚着冲进了候询室。飞石乱溅之中，所有人看清楚了，那光团里是两名正在扭打的男子。

摘下了面具的乔克，不，是武烈，正在施展他最大能量的铁拳。他拳拳到肉，完全是不要命的打法，而他的对手边泰竟然也不落下风。双方根本没有考虑防守和躲避，都是铁拳往对方身上招呼，谁先挨不住谁就死。

二人的拳风激起了一团强烈的能量旋涡，把二人包裹在其中，形成一个旋转的光团，像一股飓风，产生巨大的杀伤力。

光团从地面射到天花板，又弹回地面，在指挥室里不停转动，不停狂卷。指挥室的墙面被震得千疮百孔，靠近过道的墙壁被他二人撞穿。

听到孙智孝的喊声，武烈扭头就要往候询室跑，边泰一个箭步追了上去，二人撕打，形成光团。武烈架住边泰的拳头，边泰掐住武烈的脖子，把武烈推靠到了墙上。武烈大喝一声，力聚后

第三十章 证人出庭

背,把候询室的墙壁撞穿,二人翻滚着,滚进了候询室!

好厉害的对手,比之车永昼座下的黄力虎,有过之而无不及。

贝利夫人安排边泰来镇守,自然有她的道理。

两个不速之客,迅速打乱了候询室里武装机器人的攻击节奏。

贝利夫人瞪大了眼睛:"果然是你,武烈!"

武烈用力摆脱边泰的锁喉,冲进了武装机器人的队伍中。他就像冲进羊群的狼一般,动作奇快,不等武装机器人反应过来锁定开火目标,他已挥出铁拳,武装机器人迅速倒下一片。

武烈直直朝贝利夫人冲了过去,他左突右冲,武装机器人很难锁定他的身影。

贝利夫人全然不惧,她冷笑着,武烈,我太了解你了,你拼起命来确实骇人,不过你的软肋也太过明显。

贝利夫人胖手一指,一台在队列最后面的武装机器人迅速绕了过去,它的目标明显不是武烈,它是要——

贝利夫人心中得意,围魏救赵,是充满智慧的古老东方的策略!

出列的武装机器人对准了地上已经无法动弹的孙智孝。

"开火!"贝利夫人喊了一嗓子。

武烈一跃而起,扑了过去,挡在了孙智孝和凯琳面前,他甫一站定,正要抓起二女然后寻找掩体躲避子弹。

突然,一台武装机器人从他身后冲了过来,甩出一根钢铁长棍,将他小腿击中。

不能跪!武烈强忍着,站直了身子。

就这么缓了一缓的间隙,武烈已经成为机器人锁定的靶子。

"锁定——"武装机器人的语音此起彼伏。

"出手!"贝利夫人一挥手,一排大口径子弹发出,武烈身上瞬间绽放血花,他全身剧震。

武烈依然不跪,他用身体挡住了孙智孝和凯琳,然后仰面昂首向贝利夫人走了过去,他脚下全是血痕。

"'狼狗'你该死!"贝利夫人有点慌,这武烈是什么做到的?就算是改造人,被打中这么多次,也该死了。

又是一轮扫射,武烈彻底走不动了,他停下了脚步,他巨大的身形依然保护着孙智孝和凯琳。

凯琳忍住了眼泪和内心的悲怆,她自己知道还有更重要的事要做。

孙智孝流着泪,歇斯底里地喊:"躲开啊!快躲开!"

任她如何呼喊,她内心清楚,武烈已经没有办法再躲开下一轮攻击了。

武烈脸上全是血,口中全是血,他快要不能呼吸了,却依然僵硬地站着,怒视着贝利夫人。

这内心正义的硬汉,至死也没有向权贵下跪!

第三十章 证人出庭

贝利夫人从来没发现武烈的目光竟然如此犀利，她被看得内心发毛。

侦察机器人的监控器上显示武烈已经没有危险了。换言之，现在的武烈，只需要轻轻一推，就能推倒。

贝利夫人在一群武装机器人和边泰的保护下，走了过去。她心中不忿，她必须要亲眼看着这个背叛自己的人去死。

"有的人，明明可以好好做狗，偏偏要作死！"贝利夫人走到武烈面前，歪着脑袋看已经死透的武烈。

蓦地，面前已经死透的武烈不知道哪儿来的力气，他怒目瞪开，大喝一声，如同晴天起了一个霹雳，抓起了矮小的贝利夫人。

"放下！放下！"武装机器人一起发出抗议的声音，可是人工智能的判断却是，不能开枪，会伤到面前的官员。

只能由边泰出手了，边泰扑了过去。

武烈是无论如何也接不住的。

武烈露出一个冷酷的笑容，他用胸膛硬接了边泰的拳头，他吐出一口鲜血，他知道自己的心脏已经碎了。

一股巨大的推力将武烈向后推去，他乘势抓起了孙智孝和凯琳，向后猛倒。

于是，武烈、孙智孝、凯琳、贝利夫人，四人掉入了传送通道里。

第三十一章

亘古星辰

证人出庭环节已经开始。

AI审判长没有情感的声音已经催促了两次。

证人席上空的绿色传送光环亮着,可是迟迟不见有人从通道里出来。

在场的人都疑惑起来,不知道到底发生了什么事。

整个公审过程都透着诡异,从凯撒保持沉默,到证人迟迟不出席。

在总统府里观看直播的国寅总统有点焦虑,和他一样感到焦虑的文森正在瞭望台上保持着喝咖啡的仪态。

文森看着被告人席位上的凯撒,蓦地,凯撒的目光迎上了他,二人隔着遥远的距离对视。凯撒的目光笃定而深邃,文森心中一凛,这个眼神里竟然透着鹿死谁手的气度。

文森手里已经没有多少牌了,他的辅佐官被曝光出资助、指

第三十一章 亘古星辰

使车永昼从事恐怖活动，他发起的对国寅的问责弹劾会被叫停。

AI审判长对凯撒的公审提前了，这意味着必须等到对车永昼以及凯撒等人的定性彻底明了，才能来认定国寅和文森谁对谁错。

如果凯撒等人不构成暴恐犯罪，那么文森资助、扶持东博社根本就不存在问题。

可是，贝利夫人不会给文森这个机会。现在贝利夫人手上的所有证据都对文森不利。

"没有证人出庭，将会作出有利于被告人的裁量。"AI审判长宣读了即将可能出现的审判局面，这也是AI诉讼程序的基本法则。

观看直播的国寅总统抓起了电话："转给贝利夫人，她到底在干什么？"

审判现场群情激奋起来，如果没有证人出庭环节，AI审判长将会如何认定凯撒的罪名？

公审直播牵动了联盟国内绝大多数人的心，甚至在遥远的东方国度，也关注着凯撒的命运，整个联盟国的未来似乎已经走到了岔路口。

奴籍划分到底是资源匮乏的权宜之计，还是权贵统治的谎言和骗局？机械的AI审判到底是绝对公正的护国大法，还是政治势力的操纵工具？这两个问题在今天已经成为全国媒体的热议话题。

海、陆、空、太空、深地，五维空间的联盟国国民都在关注着这场公审。

国寅总统拨出的电话传来忙音，贝利夫人去哪里了？蓦地，他抬起头，看见直播画面里出现了爆炸性的一幕！

天平建筑审判台的证人席传送通道突然爆射出绿光。四个人影从通道的绿光里"炸"了出来。

文森的心已经提到了嗓子眼，马上就要到揭牌的时候了！

广场上的人都站了起来，看着这四个人影。

这四个人自然是武烈、孙智孝、凯琳、贝利夫人。

AI审判长发问："无关人员请回答，为什么出现在证人席？"

武烈浑身是血，他死死掐住了贝利夫人的脖子，他爬到证人席上，对着电子话筒，他挣扎了一下，却没有力气说话了，他用乞求的眼神看着孙智孝。

孙智孝也挣扎着过去，她知道武烈即将走到生命的尽头，她内心无限悲戚。

本来她只是偶然被选中和武烈搭档。那个时候的武烈，需要一名警司和他一同前往交通院，宣读调查令文书。

这些天，他们共同经历很多事，她被武烈的气概所震撼，她是他的宣读官，现在她要完成自己的任务。

命运就是如此神奇。一个大大咧咧、不守规矩的武烈，一个开口闭口全是法条的科班生孙智孝,两人携手撞破了权贵的阴谋。

在每次遇到危险的时候,武烈都竭尽全力保护自己的搭档。

正是因为武烈,孙智孝才有底气,在需要宣读法律的时候,堂堂正正、义正词严地履行自己的职责。

在交通院里,孙智孝宣读法律;在车永昼面前,孙智孝宣读法律……每一次宣读法律,孙智孝都能感受到强烈的使命感和神圣感,仿佛自己就是法律的化身。

"根据联盟国侦缉调查法案115D,所有调查询问,都需要当面进行,并确认对方真实身份!"

"你们可以保持沉默,但你们所说的每一句话,将会成为呈堂证供。"

为了捍卫真相和内心的正义,武烈已经拼尽了生命。

科班出身的孙智孝,想起了大学老师教的话:"护法者,不畏权贵。"

不畏强权,不畏艰难,不畏人多势众,不为任何利益所动摇,捍卫法律尊严和法律程序,保护线索和真相,不论背后有什么阴谋和势力,都不退缩,这便是执法者应有的孤勇之心!

武烈看着孙智孝,气息微弱的他竟然露出了一个笑容。

孙智孝定了定神,她必须回答审判长的问话,这也是法律程序。

于是，孙智孝面对着话筒，她清亮而笃定的声音在广场上传开，就像她无数次宣读法律条款一样。

"未来特工局警司孙智孝、探员武烈，依据联盟国刑事法1201A，行使紧急侦查权力，将涉嫌策划、指使犯罪活动的司迪·贝利带到审判台。经侦查证实，贝利为一系列政治目的，陷害设计本案的被告人凯撒，涉嫌捏造证据，涉嫌策划指使未来号列车倾覆案，涉嫌藐视司法公正，涉嫌……"

贝利夫人被武烈铁箍一样的手死死掐住脖子，她再也无法在媒体面前保持仁慈而温和的气度，她用力去扳武烈的手，她的脸因为用力而涨得通红。

孙智孝清丽的声音，通过证话筒传了出去，传到广场上的每一个角落。

杀气腾腾、护主心切的边泰率队从紧急通道赶了上来，却被电子警戒围栏挡住。

一旦进入审判程序，除了证人传送通道，其他人无法进场。依照程序，孙智孝是在回答AI审判长的问话，她的发言不能被任何人打断。

孙智孝看了一眼围栏外的边泰等人，一副护主心切的神情，她冷冷一笑，武烈说得真对，有些人明明可以做人，却偏要做狗！

武烈外号虽然叫"狼狗"，可他是堂堂正正的人！

第三十一章 亘古星辰

孙智孝长出了一口气,她忍着腿上的枪伤,她的脸色因失血而苍白,她以无穷的毅力支撑着自己,足足说了一个小时。

整个广场一度安静。

舆论像风暴一样,将整个联盟国撕裂,这一刻,所有人都被武烈和孙智孝的举动震惊。

AI审判长道:"探员,如果没有证据,你将涉嫌重罪。"

"抗议!"看台上的国寅派人士高声呼喊,"这是另外的案件,和审判凯撒无关!"

"停止审判!"国寅派人士开始怂恿台下的人,"抓住捣乱的人!"

"挟持贝利夫人,死刑!"

"那是奴籍街区的阴谋!"

场面混乱起来。

一旦进入法律程序,AI审判长会根据案情和证据资料,自行进行决断。

文森冷冷一笑,这怎么可能是"无关"?他看着头顶上方硕大的直播机,仿佛能通过直播机,看到总统府里的国寅。

这两个对手,终于到了要见真章的时候。

AI审判长不会受到任何情感、任何政治观点的影响,它只会就事论事,输入给它的所有资料都将转化为大数据,根据AI计算得出的审判结果,将无限接近事实真相。

245

既然AI审判长不受任何干预，那么群情抗议又有什么作用？

十二声低沉的鸣笛响起，这是来自法庭的警告。

只听AI审判长说道："请探员举证。如果没有证据，你将涉嫌重罪。"

"我有证人！我有物证！"孙智孝激动得要哭了出来，计划就要成功。

审判不能停止！文森激动地拍了一下自己的大腿。

武装机器人快速上前，贝利夫人被"请"到了被告人席。

凯琳开始陈述了，她站在证人席上，将案件的来龙去脉一一道明。

"是我杀了罗斯。"凯琳一开口，就让整个广场哗然。

随着凯琳的陈述，媒体开始同步深挖当年罗斯在沙朗国的罪行。网络之上，对罗斯的口诛笔伐形成阵阵声浪。

国寅总统在总统府里铁青着脸，他发现自己设计的AI审判制度就要砸伤自己的脚。现在就看贝利夫人的临场应变了，这个狡猾的女人，应该能在现有的证据规则里扭转局面吧。

凯琳的声音回荡在大审判台上。

"……罗斯在沙朗国奸淫掳掠，活脱脱就是一个魔鬼！他使用记忆擦除器，让我忘记幼时的记忆，他想把我彻底打造成他的玩物！

第三十一章 亘古星辰

"罗斯为什么得不到惩罚?

"因为这个国家根本就没有平等!罗斯死了,为了给财阀保障利益,高层居然可以用机器人来替代他!"

"这个国家根本就没有平等"这句话像一把大锤,通过直播,重重锤到了联盟国所有人的心上。

财阀吞噬财政预算、政坛为争权陷害无辜、AI替代人类……国民之间划分出了权贵和平民,平民之间又划分出了奴籍,甚至现在AI居然也能高高在上地施政!

这一次,真的是激起了所有的不满和反抗。

司法院外,迅速聚集了大量国民。"真相!真相!平等!"游行队伍的声浪透过警戒墙,传到了广场之上。

广场上的奴籍街区代表站了起来,大家高举右臂,纷纷声援凯琳。

凯撒仍然闭着眼,没有说话。

他在等什么?

轮到贝利夫人对质了,她尚在垂死挣扎:"孤证不能定案!你说我和车永昼密谋,策划未来号列车倾覆案,制造了一系列证据来诬陷东博社,那么……车永昼人呢?"

车永昼已经被乔克灭口了。

舆情闹得这么大,该如何收拾? AI审判长严肃道:"探员,正面回答这个问题。"

孙智孝长吸了一口气,她指着台下的人群,只见一个老者扔掉了假发,露出了枯瘦的面容。

车永昼!他没有死在乔克的突袭中!

贝利夫人瞪大了眼睛,四大王牌失手了。

车永昼就算来了,又能怎样?

文森站在瞭望台上,他身旁站着司法院院首,以及幕僚五克圣基、金钟仁等人。

之前车永昼给了贝利夫人一份金钟仁资助车永昼搞私人武装的录音,成为国寅派打击文森派的利器。

文森看着金钟仁:"辛苦了。"

金钟仁恭敬地点头。

主仆二人的动作,自然被贝利夫人看见,也被远程的国寅总统看见。

国寅恨不得生出两只翅膀,飞到大审判台,去阻止他们,阻止这已然失控的局势。

车永昼既然来了,就不会只是一个证人而已,他手里一定还有别的牌。

文森迎上贝利夫人恼怒的目光,喃喃道:"丛林里的至上法则,你居然都忘记了。"

高端猎手往往以猎物的形态出现,这是丛林里的至上法则。

"你以为策反了车永昼,拿到了能打倒对手的牌……每个人

第三十一章 亘古星辰

都有欲望,既然你能利用人的欲望,为什么我不能?"文森嘴角浮现一丝笑容,"金钟仁,干得漂亮。"

于是,车永昼在众目睽睽之下,当着所有媒体,播放了一段贝利夫人和他之间密谋的录音。录音里说得很清楚,贝利夫人让车永昼去坐实凯撒的罪名。

凯撒终于睁开了眼,他看着车永昼。这两位曾经无话不谈的亲密战友,此刻内心已经殊途。

车永昼是野心家,也是聪明人,他不会不知道与贝利夫人的合作,最终只会走向被灭口的终点。他辗转在文森和国寅两大阵营之间,寻求博弈的最优选择。

贝利夫人以为策反了车永昼,实际上车永昼不过是奉文森之命进行反间而已。

武烈在这儿,车永昼也在这儿,那么那个被击毁的飞行器上,到底是谁?

车永昼开始作证了,他一五一十地陈述了贝利夫人指挥乔克等人前来灭口的情形,他在十二魔神和黄力虎的保护下艰难逃生,十二魔神在火山岩浆中悉数折损。

在那个荒凉的沙漠里,武烈解决掉乔克,逆物质子弹引发的大火引来了黄力虎和车永昼。

几个冤家再次聚首。

一定要扳倒贝利夫人!这是所有人一致的想法。

可是，未来特工局要追踪武烈，根本就不难。除非让贝利夫人以为她已经干掉了所有知情人。

谁来登上那台飞行器，去转移视线？

黄力虎站了出来，他点了一根烟，转头看着武烈："如果我侥幸不死，我一定找你再拼一次拳！"

武烈说："老子等你，到时候咱俩打个天昏地暗，至死方休。"

男人和男人之间的情谊，有时候真的很奇怪。

孙智孝告诉车永昼和凯琳，依照联盟国刑事程序法律，她将对二人实施"污点证人保护"，她会尽全力保护他们抵达审判法庭。二人有义务陈述所有知情的事项，也应当对自己在犯罪活动中充当的角色承担相应的责任。

一场隐匿的、以生命为代价的作证之旅开始了。

车永昼陈述完毕，把所有的事实都抖了出来。

联盟国的媒体陷入了一阵混乱之中，汹涌的民意和舆情要求AI审判长立刻宣布判决结果。

文森凝视着广场里高呼的人群，看来，他也要为自己过往的行为付出代价。为了发起对国寅的问责弹劾，他命令幕僚摆平了要求调查金先生的正直议员；为了继续推进项目，维护金先生在交通院项目中的不当利益，他按住了罗斯的死讯，同意使用AI机器人替代罗斯。

第三十一章 亘古星辰

这场审判，文森已经不可能是赢家。他长叹一声，凯撒，看你的了。

"被告人凯撒，请最后陈词。"AI审判长宣布进入陈词阶段。

广场上铺天盖地的抗议声音已经盖住了AI审判长的声音。

凯撒瘦弱的手，敲了敲面前的话筒，他终于开口了，他一直在寻找这样一个殉道的机会。

他清了清嗓子，说出了第一句话，那是一句有名的法谚。

"许诺了正义的法律，不会行非正义之事。"

他说的是恶法非法。

凯撒的声音低沉，却像天籁一般好听，他抛开案件细节不谈，只谈论"生而为人的平等"。

文森早就有所耳闻，凯撒的演说能让星星停止运行，能让河流停止流动，他具有强大的异能，能将自己的言辞送到每个人的灵魂深处。

凯撒讲述了人类历史上法律的演进和变更，人类仰望星辰，因为那里有亘古不变的正义。

他讲述了每一次为了人类命运的抗争，在这些惨烈的抗争中，总有人牺牲自己的生命。

所有人都安静下来，甚至有人流下了热泪。

黄昏之下，凛夜将至。

一轮冰月即将升起。

在这个代表着公平和正义的天平之上,一个身穿囚服的年轻人,没有为自己被指控的罪名进行哪怕一句辩护,他只为所有人的平等权利进行诉说。

凯撒的演说结束了。

"无罪!无罪!无罪!"人潮中爆发出巨大的呼喊。

人群冲进了司法院广场,眼看着就要冲击电子警戒围栏,冲向审判台。

司法院立刻准备采取警戒措施,文森一挥手,让司法院院首不要阻止民意的表达,电子警戒围栏随即解除。

文森叹气道:"你有多久没看到这样真实的民意了?"

人群把凯撒兄妹围在了中间,呼喊着,他们已然成为凯撒的信众。

没有人留意到角落里的孙智孝。

她怀里的武烈渐渐失去了体温,那颗改造过的机械心脏,逐渐停止了跳动。她放声痛哭,宣读完成了,作证完成了,可是她的搭档不在了。

武烈用最后的力气睁开眼睛,看见人群中一道熟悉的身影正朝他跑过来。

那是他的女儿武非。

武非在声援凯撒的人群当中,充当着领导者和组织者。

他半生拼命,只为女儿能获得平等权利,这一次想必能

第三十一章 亘古星辰

如愿。

天下的父母，哪一个不是这样？

他记得女儿小时候问过他：父亲，这个世界上为什么要有法律？

因为我们一直都在仰望星辰。